弗洛贝拉·伊思班卡
Florbela Espanca 1894—1930

伊思班卡
诗选

爱情之书

[葡]弗洛贝拉·伊思班卡 著　姚风 译

北京联合出版公司

雅众文化 出品

目 录

痛苦之书（1919）

3　这本书
4　自满
5　我
6　忧伤的女领主
7　折磨
8　隐藏的泪水
9　迷雾之塔
10　我的痛苦
11　心语
12　幻觉
13　神经质
14　小女孩
15　酷刑
16　梦之花
17　相思之夜
18　苦闷

20	朋友
21	徒劳的渴望
22	为一本书而写
23	凄凉的晚年
24	失落的灵魂
25	感恩
26	倦怠
28	为了什么?!
29	给风
30	倦
31	我的悲剧
32	无可救药
33	悲中之悲
34	老妪
35	寻找爱情
36	不能

相思修女之书（1923）

39	相思修女
40	爱情之书
41	你是谁
42	痴迷
43	阿连特茹
45	无人理会

46　轻烟

47　我的骄傲

48　给你的诗句

50　冰冷

51　我的罪愆

53　夜幕降临

54　帆船

55　无常

56　我们的世界

58　白马王子

60　夜幕降临

61　狮身人面兽

62　太迟了

63　夜曲

64　灰色

65　窗外

66　幻想的马利亚

67　思念

68　他对我说

69　废墟

70　黄昏

71　恨?

72　苦行

73　人生

	74	欢乐时刻
	75	温柔
	76	绝望公主
	77	阴影
	78	逝去的时光
	80	落日
	81	颂扬

繁花盛开的荒野（1930） 85 繁花盛开的荒野

86 骄傲之诗

87 乡村

88 现实

89 童话

91 给一个垂死者

92 我

93 乡间漫步

94 下午的大海

95 如果你来见我

96 神秘

97 天赋

98 我的手

99 夜色

100 纪念

102 我们的家

103 乞丐

104 极度困惑

105 托莱多

107 秋天

108 做一个诗人

109 破晓

111 青春

112 爱！

113 思念

114 贪念

115 受难

116 等一等

117 质询

118 享乐

119 过滤

120 更高

121 金色的神经

122 椴树的声音

123 我要

124 ？

126 纪念

128 阿连特茹的树

129 有谁知道

130 哀怜

131 是我！

132 泛神论

134 可怜的基督

136 给一位少女

137 我的罪过

138 你的眼睛

139 爱是除了深爱别无所爱

遗骸（1931）

151 埃武拉

153 在加西亚·德·雷森德的窗口

155 不可能

156 徒然

157 沉默的声音

158 为什么？

159 浮梦

160 春天

161 亵渎

163 你的目光

165 雨夜

166 下午的音乐

167 肖邦

168 我的心愿

169　女奴

170　神圣时刻

171　别出声

172　野蔷薇

173　至善

174　我的诗篇

175　爱情已死

176　我不属于任何人

178　雪

179　徒劳的骄傲

180　相思修女最后的梦

181　遗忘

182　疯狂

183　你们让死亡来吧

184　致死亡

185　可怜人

186　幽灵船

187　我的十四行诗

188　世界无新事

191　**译后记**

痛苦之书

（1919）

这本书

这是一本痛苦之书,不幸的人们,
当你们饱经沧桑,定会边读边哭!
只有你们的痛苦才能感受痛苦,
或许……只有痛苦才能读懂这本书。

我把此书献给你们,愿你们
成为知音,尽管它远非完美!
这是悲伤者的圣经……不幸的人们,
愿你们的痛苦在阅读中得以抚慰!

这是痛苦之书……悲哀之书……焦虑之书!
这是阴影之书……也是迷雾和思念之书!
我走遍天涯海角,怀揣着这本书……

噙满泪水的眼睛,这一对难兄难弟,
你们来读我的书吧,它每一页都写满痛苦,
你们和我一起哭吧,哭我无尽的悲戚!……

自满

我梦见,我被选为诗歌女神,
一个知晓奥秘、言说万物的人,
我从此拥有美妙纯粹的灵感,
一句诗即可容纳世界的无垠!

我梦见我的诗句熠熠闪光,
照亮整个世界,令人欢欣,
那些害相思病的人,那些
幽怨的灵魂,都得到安慰。

我梦见我成为智者,拔类超群……
我学识渊博,思想深邃,
人人对我倍加尊崇。

梦中我向云霄深处飞行,
当我越飞越高,
却从梦中跌落,被摔回原形!

我

我走遍世界，却失去世界，
我热爱生命，却迷失方向，
我是梦的姊妹，命运却把我
钉上十字架受难，遍体鳞伤……

阴影轻柔，迷雾消散，
悲苦的命运有强大的力量，
为被误解的灵魂披上丧服，
无情地把它推向死亡！……

我是无人看见我走过的过客……
我被称作悲伤，却不解悲伤……
我以泪洗面，却不知为什么……

也许，我是某人的梦中人，
为遇见我他来到人世，
但上下寻觅仍没有人与我相认！

忧伤的女领主

我冷漠孤僻,傲视群芳,
独居在这名叫"痛苦"的城堡!
爱的光芒一束束掠过……
从没有一个访客叩门相邀!

忧伤的女领主,在把谁渴盼?
——我的目光四处寻觅——
向远方的夕阳寻找答案……
没有人告诉我,只有哀哭打破静寂……

忧伤的女领主,你为何而哭?
玻璃窗投下斑驳的暗影,
你读着空白的时间之书……

夜色降临,你俯身城堞,
为何你低声祈祷?为何你心怀忧虑?
什么梦拉住你的手,在这现实世界?

折磨

把它们逐出胸膛：不羁的热情、
炽热的情感、理性的真理！
——让它们纷纷远离心灵，
化为一把灰烬散落在风里！

梦中所得的诗句，蕴含深邃思想，
宛若悦耳的祷文一般纯洁！
——让它也远离心灵，如同尘埃，
化入空无，化入镜花水月……

我写下粗鄙空洞的诗句：
韵律不整，思绪紊乱，
我以此迷惑他人，欺骗自己！

我多想写出纯粹的诗句，
不同凡响，铿锵有力，
我多想写出我的眼泪，我的心灵！

隐藏的泪水

我想,如果我生逢其他年代,
我欢笑,我歌唱,被人深爱,
仿佛我栖居在别的星球,
崭新的生活让我喜笑颜开……

以前我的嘴唇笑得明媚,
现在被悲伤和痛苦扼住,
和谐美丽的线条消失,
声音喑哑,唇舌干枯!

我思绪万千,凝望着虚无之地……
我一张修女的脸颊,象牙般洁白,
像一潭死水没有一丝涟漪……

我痛哭,静静流下苍白的泪水,
无人看见泪水从我的灵魂喷涌!
无人看见泪水自我的身体溅落!

迷雾之塔

我向高处登攀，登上我的孤塔，
它由烟霞、雾霭和月光搭建，
在此我感慨万千，一整日
与逝去的各位诗人倾心交谈。

我诉说我的梦想，我写诗的快乐，
这些诗句属于我，属于我的梦想，
所有诗人听罢都掩面抽泣，
他们对我说："这多么虚妄！

"你是一个痴心不改的疯姑娘！
我们也曾想入非非，像所有人一样，
但一切都逃离我们，一切都被埋葬！……"

诗人们陷入沉默，神色哀伤……
自那时起，我天天垂泪不止，
身在孤塔，心在天边！

我的痛苦

我的痛苦是一座完美的修道院,
到处都是阴影、拱门和回廊,
每一块在阴影里抽搐的石头
都被雕刻出线条,美轮美奂。

当钟鸣响起,罪恶呻吟,
便有双倍的痛苦在回荡……
日复一日,每一次报时,
都是葬礼进行时的声响……

我的痛苦是一座修道院,
百合花绽出殉道的紫色,
有一种世间罕有的美艳!

我住在这痛苦的修道院,
日夜祈祷,哭泣,嘶喊,
却没人听见……没人看见……

心语

正值青春的我，死去多么悲戚！
我会看见我的双眼，溢满悔意，
像是身穿紫衣的信徒，
在修道院的幽暗中咀嚼相思！

我还会看见（满怀着忧虑！……）
我绵软无力的双手
抖动着苍白的手指，如患病的婴孩
在花样年华里化为骷髅！

拥有青春就拥有天堂，
就会走上鲜花盛开的阳光之路，
抵达光明、仁慈和欢乐的远方！

我二十三岁的年华……（我如此年轻美貌！）
轻笑着对我说："生命多美好！……"
而我痛苦地回答："墓穴多美好！"

幻觉

宝石蓝的海边,秋天的傍晚,
这是上帝赐予的神圣时刻,
隐形的竖琴,把天空敲响……
慵懒的太阳,如一个病者……

骚动的波浪,愤怒地翻滚,
痛苦地伸出一只只手臂,
太阳紧抱金色的头颅、神志恍惚,
颤抖着发出最后一声叹息!

太阳死了……大海披上丧服……
我看到金色的骨灰瓮
在浪花溅起的飞沫中漂浮!

我还看见我的幻觉,我的珍爱之物,
也被装进金色的骨灰瓮,
在生命之海中随波逐流,不问归宿……

神经质

今天我感觉灵魂充满悲伤!
圣母钟声在我的内心回响!
外面在下雨,透亮的小手,
在窗子上绣出威尼斯花边……

为那些在痛苦中挣扎的魂灵,
狂风呼啸,哭泣着祈祷,
雪花纷飞,如寒冷的玉鸟,
在空中扇动着它们的羽毛……

雨,为何流淌着我的悲苦?
风,为谁吹荡着我的思念?
哦,还有雪,我和你一样命运多舛!

雨啊!风啊!雪啊!都是折磨!
你们向整个世界诉说
我感受却无法言说的苦涩!

小女孩

娇小玲珑的你笑着,你的嘴
是小小的玫瑰色花园,四季如春……
百合花和含羞草娇美绚丽!
雪和梦制成的宝盒装满亲吻!

依照我们的灵魂美妙的奇想,
造物主才把你造得如此可爱!
人生一世,充满痛苦与磨难,
你的降生像淡淡的花香袭来。

凝视你的明眸是一种福分,
当轻柔地说出你的名字,
我们便嗅到花香袭人。

你曾出现在天主之母的梦里,
祈求她带走你所有的苦难,
但正是这些苦难,让你成为你!

酷刑

我的生活没有任何欢乐,
我日夜抽搐,泪流不止……
我一无所有,没有哪怕瞬间的阴影,
让我的头依偎,让我躺下歇息!

我没有丁香花来打扮自己,
我的思念冷漠无情,残暴,深不可测!……
我可怜的娘亲啊,你软弱,你冷漠,
你让我吮吸的乳汁都是苦涩!

诗人啊,我是一朵遭人蔑视的蓟花,
是一朵任人踩踏的石楠花,
我和你一样,是个遭人耻笑的笑话!

我比你遭受着更大的折磨:
我不愿成为和你一样的诗人,
我只愿用诗歌把我的悲苦诉说!……

梦之花

梦中的花，如此圣洁无瑕，
在我的身上奇迹一般绽开，
如同锦缎绣出的一朵玉兰，
为坍塌的墙垣增添了姿彩。

柔软的细茎根植于我的心中，
这样一朵罕见之花，我不懂
为何开得如此鲜艳美丽！……
是命运，是奇迹，还是幻景……

梦之花啊，你生于我身却不见花蕊，
我的双眼是两道伤口
莫非因为爱你才总是溢满泪水？！

自从一个寂静之夜你在我身上萌芽，
我的灵魂便展翅高飞，
但我从来不知道，不知道我是谁……

相思之夜

夜色缓缓降临，笼罩着
被苦难淹没的大地……
甚至没有月光的祝福，
让大地变得圣洁无比……

没有人追随你，陪伴你，
去缓解折磨你的痛苦……
我听见夜辽阔的啜泣！
我听见夜漆黑的哀哭！

你为何如此忧伤，如此阴郁？
也许，夜啊，你怀有的思念
正是我无法排解的相思！

我的相思，我不知是谁惹我相思，
夜啊，也许是你！也许是无人！……
我是谁？我拥有什么？我一无所知！

苦闷

思想的折磨！悲恸的叹息！
谁能让你的声音归于静寂！
谁能让我们在缄默中独处，
把那九头蛇[1]一下子捏死！

别胡思乱想！……而这样的想法
总在噬咬我们，纠缠我们的心灵……
幻想如何在夜空——哦，残酷的梦！——
用狂风吹熄闪烁的星星！

星星没有熄灭，什么也没有熄灭，
虚无无处不在，匍匐而行……
时刻在问我："你还有什么？"

啊！除了虚无，只有无垠！

---

[1] 九头蛇（Hydra）是古希腊神话里的怪兽，代表邪恶和强大的生命力。（本书脚注均为译注）

我要化为一块冰，化为一块岩石，
要成为一头猛虎，呼啸于山林！

朋友

让我做你的朋友，亲爱的，
仅仅做你的朋友，既然你不愿意，
我这个女人中最心碎的女人，
因为爱情而成为你的红颜知己。

如果你带给我的只是痛苦和悲伤，
我并不介意，你的所思所想
总有美好的梦想！无论如何，
我心存感恩，当你对我一吐衷肠！

吻我的手吧，亲爱的，不要慌张……
宛若我们都是天生的兄妹，
宛若同巢的两只鸟儿在歌唱阳光……

吻我，好好吻我！多么疯狂的幻想，
我要留住我梦寐以求的亲吻，
我要把它们捂在手中，好好珍藏！

徒劳的渴望

我想成为浩瀚无边的大海,
纵情大笑,放开歌喉歌唱!
我想成为一块无欲的石头,
立在路中间,粗粝而坚强!

我想成为光芒四射的太阳,
为卑微的不幸者带来阳光……
我想成为未被修剪的大树,
傲视虚妄的世界,嘲笑死亡……

然而,大海也在悲伤地哭泣……
树也在哭泣,就像祈祷的信徒,
向天空高高举起手臂!

阳光普照,但也会斜阳西下,
也会流出凄楚的眼泪和鲜血,
还有那些石头,也会任人践踏……

为一本书而写

我的生存是灰烬般的沉寂,
骚动的柏树,暗影摇荡,
暗影来自我读的一本书,
字字都是你写给我的悲伤。

你是备受相思煎熬的诗人,
你写出的是一本怪诞之书!
你在书中所写的一切内容,
我切肤感受,却无法说出!

你写给我的书,就是我写的书,
读它就读到我的整个灵魂,
就听到我祈祷时的欢笑歌哭!

你我是一样的诗人,哦,我多想
写出你的所写!……谁告诉我
怎样为我的痛苦披上你的大氅!

凄凉的晚年

我已老迈,心已伤透。黎明般
爽朗的笑声从未自我嘴中响起!
我只能用嘶哑的声音嘶喊求救,
我,生命的溺水者,快要死去!

从生命诞生开始,女人的额头
便有白玫瑰来装饰,熠熠生辉,
而我,一个疯女人的神秘前额,
只有一朵苦难之花在凋零枯萎!

他们说我正值青春年华……而青春,
是否青春时我们才可拥有?
我们是否可以青春不老,芳华永存?

我晚景凄凉,凄凉中的凄凉,
甚至没有留下一丝回忆,甚至
忘记了我也曾是年轻貌美的娇娘……

失落的灵魂

这一夜,夜莺不停地哭泣,
呻吟,祈祷,鸣叫,多么凄厉!
夜莺的灵魂,人的灵魂,
是谁在死去?也许就是你!

你是,也许你是一个消逝的梦,
轻柔地化为哀痛,沁入我的内心……
也许你是灵魂,生病的灵魂,
属于我爱他而他不爱我的那个人!

你彻夜痛哭,我也哭,
也许听你倾诉,我会猜想,
世上没有人比我们更加悲苦!

寂静的黑夜,你吐胆倾心,
我想,你的灵魂就是我的灵魂,
我绝望地哭泣,用你的声音!……

感恩

"感恩生育你的母亲",
感恩母亲的乳汁,哺育你成长。
感恩乳母摇晃着摇篮
让你酣然入睡,彻夜安详。

感恩这首歌把你唤醒,
让生命迎来温暖的晨曦……
感恩一轮明月,让天地
溢满清辉,只为看见你!

感恩所有爱你的人,
那些因激情炽然而癫狂,
跪在你脚下的人!

倘若有人比我更想得到你,
那么我祝福那个女人,
祝福她的芳唇布满你的亲吻!

倦怠

家乡的下午,甜美惬意,

这是洁白如百合花的下午,

梦的下午,九日祷告后的下午,

葡萄牙的下午,诗人安托[1]的下午。

我多爱这样的下午!爱!多么爱啊!

这是轻如羽毛的降福时刻,

轻烟与灰烬的时刻,宁静的时刻,

也是我身为圣徒的苦痛时刻!

我闭上紫得发黑的眼睑,

它们像厌倦飞翔的轻盈翅膀,

栖落在两朵紫罗兰上……

---

1 安托是葡萄牙象征主义诗人安东尼奥·诺布雷(António Nobre,1867—1900)的简称,他只留下一本诗集《孤》。他是弗洛贝拉·伊思班卡最崇拜的诗人。

我唇上的亲吻静默无声……

我苍白如丝绒的双手，

在空气中画出梦的姿态……

为了什么?!

在这浮华的世界,处处皆是虚妄……
皆是悲苦,皆是虚无,皆是灰烬!
晨曦刚刚升起,照耀我们,
黑夜旋即降临,填满我们的内心!

甚至爱情也在说谎,唱出的歌,
让我们自胸膛发出哈哈大笑,
鲜花盛开,倏尔花叶凋零,
飘落在地,人人都踩上一脚……

爱的亲吻!吻谁?可怜的虚荣!
美梦转瞬即逝,被现实粉碎,
把一颗死去的心抛回我们的怀中!

只有疯子才相信亲吻!
从一个嘴唇到另一个嘴唇,
爱情之吻像是逐家乞讨的穷人!……

给风

风开始大笑,笑个不停,
像是疯子发出刺耳的狂笑;
而我郁郁寡欢,生病的心
不知道是该哭还是笑!

风在哀叹,在悲泣,
风在把我嘲笑,它总是在嘲笑,
它嘲笑世界,嘲笑爱情,
每个人都被它无情地嘲笑!

风,我可怜的朋友,你还是哭吧!
让我们一起排忧消愁,
别再这样笑!……风啊,你还是哭吧!

我的朋友,我对命运了如指掌,
我们的胸膛终会变作坟岗,
我们笑着,走在人生的路上!!……

倦

我走过,脸色惨白哀伤,有人说:
"她脸苍白得像个死人!"
而我只是梦游而已,如此专注,
以至于没有了姿态和眼神……

随便人们说什么吧!与我何干?
世界还有什么让我念念不忘?
我冰冷的心,把女人应有的一切
都冻成冰:她的妩媚,她的梦想!

是什么让我无法释怀?我悲叹的
是心寒大过心哀,
是对活下去深深的倦怠!

一切未曾变,也不会改变,
每一天都在重复一样的人生,
一潭死水,犹如沉静的休眠……

我的悲剧

太阳冉冉升起,温暖欢快,
而我憎恨阳光,迁怒明媚,
好像那十恶不赦的刽子手,
欲要举刀把我的魂灵杀害。

哦,我那虚度的青春,
你让我迷醉,让我晕眩!……
你给我的亲吻属于来世,
让我发紫的双唇充满渴念!……

我不喜欢太阳,我害怕
阳光看穿我眼中的秘密:
我谁也不爱,我生性如此!

我喜欢无边的夜,伤感,漆黑,
就像一只怪异疯狂的蝴蝶,
总是围绕着我来回翩飞!……

无可救药

那些爱我至深的人
不懂我的感受,不知我是谁……
也不会想到,有一天痛苦
路过我的家,便会推开门扉。

正是从那时起,我深感恐惧,
感受到盘桓于我身心的寒意,
把天主施予我的恩泽冻结,
我不知身在何处,不知路在哪里!

我感觉痛苦每迈出一步,
都是无尽的摧残,让人疯癫,
让人禁不住悲恸地嘶喊!

总是挥之不去的倦怠与忧虑,
总是彻骨的痛楚,无药可医,
如同痼疾缠身,难以治愈!……

悲中之悲

人们说,大海浩瀚无边,
尽是无涯的悲伤!致命的波涛,
高声呼喊,翻搅我们的罪愆,
而黑夜如临终告别,愁绪笼罩。

我的葡萄牙,你西斜的落日,
是一颗苦涩的心,支离破碎;
你们看见了吗?万事皆悲,
而我……竟然是……悲中之悲!……

我用我的心把落日收留,
而我的所有,就是落日,
充满悲苦与忧愁!

我收留大海的浩瀚,所有的波浪
翻滚涌动,化成我的苦海!
而黑夜就是我,黑得没有光亮!……

老妪

见过我的人说我魅力无穷,
如果再端详我的容颜,
他们或许会怜惜地说:
"她老了!真是光阴似箭!"

百般努力,我也无法欢歌笑语,
哦,我用象牙雕成的双手
再也捏不住一根金线,
只能任它滑落,奔向命运的尽头!

我芳龄二十三,但已是垂暮之年!
像一个白发苍苍的信徒……
我自言自语,在祈祷中呢喃呼唤……

你描画的美丽图景,令我心驰神往,
我目不转睛,贪婪地凝望,
仿佛我已儿女绕膝,天伦尽享……

寻找爱情

我的命运哭泣着对我说:
"沿生命之路奔向远方,
向走来的人们打探爱情,
他们会告诉你,你将如愿以偿。"

我一路心花怒放,放声歌唱,
用一颗颗珍珠把美梦穿起……
无论清辉朗月,还是疾风骤雨,
我日夜兼程,逢人便一问到底……

即使偶遇老人,我也不禁问道:
"老人家,您路上是否遇见过爱情?"
老人哆嗦着瞥了我一眼,笑个不停。

旅途漫漫,每个人都身心疲累,
以至心灰意冷,全都掉头回去……
我也停下喃喃自语:"没有人与爱情相遇!"

不能

今天人们见我如此悲伤,便对我说:
"像是在星期五受难日,
你总是皱眉蹙眼,苦思冥想……
任虚无缥缈的痛苦奴役……

"你有何烦恼?年纪轻轻,却日日悲伤!
快乐起来吧,来日方长!"
当一个人受苦,听不进这些话语……
我的心听得真切,却一声不响……

没有人猜到我命运多舛……
我的痛苦静默无语,踽踽独行……
多想敞开心扉啊!而谁听我尽情倾诉!

人人知晓安托的不幸,对我的痛苦
却茫然无知,即使写诗十万行,
我也难以尽述!

相思修女之书 *
（1923）

* "相思"原文为 saudade,葡萄牙人称这是他们独有的一种情感,无法翻译,它有"思念""怀想""追怀逝去的美好事物"等含义,它是葡萄牙诗歌中最常见的主题之一,还曾出现过"怀想主义"的诗歌流派。有人把它译成"萨乌达德",但鉴于弗洛贝拉抒写的是爱情,因此这里还是译成了"相思"。

相思修女

你把我叫作"相思修女",
这个名字把我的灵魂照亮,
就像玻璃在阳光下闪烁,
就像你梦见你的梦想之光。

秋天的下午,你呢喃着这个名字,
把秋天的哀伤填满我的心房;
我再不会有比这更甜蜜的名字,
但这个名字,也令我黯然神伤……

在我灵魂的灵魂中,这个名字低声絮语,
如太阳的祝福,在最坏的时刻,
把我的焦躁和狂热安抚,

宛如花叶飘落,我重复着
这个美丽的名字:"相思修女",
这个名字是你给我的……

爱情之书

我的爱情之书,你的爱情之书,
我们的爱情之书,我们的心灵之书……
仿佛打开一片片花瓣,
轻轻地打开每一页,用心去读。

你看,我已不知如何写下一本书,
如何写得圣洁完美,写尽悲伤;
百合花你不要采,此书用它写成,
我痛苦的花园没有其他花绽放!

这本书不属于任何人,只属于我,属于你!
我们在同一个微笑里彼此诉说,
写下我们的诗句,如此美丽!

啊,我的爱人!会有多少人,
多少人读完这本书,然后感动地说:
"这是我们的诗,只属于你和我!……"

你是谁

你是一切都让你伤心的人,
你愤怒,你痛苦,处处蒙羞;
你把悲伤认作自己的女儿,
人间和上帝的恩宠,你从未享有。

你让灿烂的太阳漆黑一片,
你不知道路通向何方,
爱情美好,但没有带来奇迹,
让你迷醉,给你温暖和明亮!

一片死海,如伏地的乞讨者,
没有巨浪,没有潮汐,
只有咸苦的眼泪!

你是没有春天的四季……
哦,"异想之国"的美丽公主!
你不是其他人,你只是你自己!……

痴迷

我的灵魂因梦见你而迷失。
我的眼睛因看见你而失明!
你甚至不是我生存的理由,
只因你已是我全部的生命!

我如此疯狂,什么也看不见……
亲爱的,我来到人世,
读你神秘的存在之书,
无数次读到一样的故事!

"一切都很脆弱,都是过眼云烟……"
当人们这样告诉我,
我从神圣之口中听到了箴言!

我仰视着你,对你说:
"啊!哪怕星星泯灭,世界飞离,
我都把你视为上帝:始于你,终于你!"

阿连特茹[1]

正是正午时分,山坡上
哀伤的石楠,被骄阳吻着,
收割者在山谷里劳作,
早出晚归,却感到快乐。

姑娘们哼着歌谣,充满柔情,
黑眼睛迷人地在闪烁。
高高的麦穗,燃成一片金黄,
摇曳出美妙的轮廓。

蒙受上苍甜美的恩赐,
大地用柔情的手指,
把麦子金色的头发梳理。

姑娘们哼着歌谣,发出阵阵尖叫……

---

1 阿连特茹(Alentejo)位于葡萄牙中南部,气候炎热,盛产小麦、橄榄和葡萄酒,诗人出生的小镇位于这一地区。

而我是其中的一个……

你走过时说:"上帝啊,救救这里的人!"

无人理会

我是一个孤傲冷漠的人,
从未感觉我的心
因爱恋而剧烈地跳动,
仿佛它是别人的灵魂。

此时,你高傲地看着我,
没有一丝的激情与欲望,
而幻想展开金色的羽翼,
正从我的深处飞向朝阳。

我的灵魂,由石头流成泉水,
像从山间涌出,
潺潺笑着,带着清凉与欢愉!

我被浸润的嘴唇,瞬间变得清新⋯⋯
但谁去理会呢?疲惫的旅者
是否把途中的一眼眼甘泉畅饮?

轻烟

远离你,道路荒芜,
远离你,月光隐没,玫瑰枯凋,
远离你,白天寒冷,夜晚静寂,
屋檐下没有鸟儿筑巢!

我的双眼,两个可怜的老人
在寒风凛冽的夜晚走失……
睁开眼,梦被一双手爱抚,
你的手指充满柔情蜜意!

此时是秋天:在流泪……在哭泣……
哭得紫色雏菊褪去花色……
凄然絮语着秘密……

我向我们的梦求助!我伸出双臂!
我的爱人啊,梦不过是一缕轻烟,
从我的手指间飘散……

我的骄傲

我还记得我曾经是谁。我多愿
我已然忘记！午后的忧伤，
让我想起我曾经是春天，
古城墙上冒出玫瑰，灿烂绽放！

我的双手，以前热烈而温柔，
像鸽子一样翻飞……谁能告诉我，
为什么一切都已烟消云散，
为什么古城墙上的玫瑰都已飘落！

总是惦念我的人把我忘记……
我安慰自己：那些人配不上我……
我这样想，就觉得没被彻底抛弃！

我觉得我越是卑微越是富有：
孤独也是一种骄傲，
贫穷也是一种高贵！

给你的诗句

让我为你读,这些绝美的诗句,
我要亲口朗读,让你听得仔细!
是我把帕罗斯[1]的大理石凿出,
再刻上这些诗句,为了献给你。

它们如昂贵的天鹅绒一般柔软,
它们是白色的丝绸燃起火焰……
我告诉你,这些绝美的诗句
为你而写,你会发狂,你会痴癫!

然而,我的爱人,我什么也不告诉你,
女人的嘴里有一句诗,但不说出,
她的嘴唇才永远美丽!

我如此爱你!但我从未吻过你……

---

[1] 帕罗斯(Paros)是位于希腊的一座岛屿,以出产白色的大理石而闻名。

亲爱的,我用没有亲吻你的亲吻,
保留为你写下的美好诗句!

冰冷

你的眼睛如剑一般冰冷,
如致命的匕首一般锋利;
寒光闪闪的利刃,
透露着金属的寒意。

我看见你眼睛里的影像:
无情无义的背弃,
不切实际的臆想,
还有太阳金黄的晨曦!

亲爱的,我不羡慕你的人生,
漠然地活在世上,却没有爱,
比生来就是瞎子更为不幸!

但你羡慕折磨我的苦痛和悲伤,
你会无数次抽泣着说:
"好妹妹,我多想去爱,像你这样!"

我的罪愆
——给我的弟弟[1]

我熟读自我,可以把这本书背诵,

我知道我奇特的罪愆有一个名称:

我知道我曾是窗玻璃上的花纹,

曾是一株柏树或一条帆船,我是苦痛!

我曾是世界上非凡的一切,

我曾是天鹅、百合花、鹰隼、主教堂!

也许我还曾是奈瓦尔[2]的一句诗,

或者是尚福尔[3]的笑声,嘲讽人间世象……

我曾是野蓟,开出纹章一样的花,

我的双手曾让甘松芬芳馥郁……

---

[1] 弗洛贝拉·伊思班卡与弟弟感情深厚,弟弟在一次飞行事故中坠亡,让她陷入巨大的悲痛之中。

[2] 奈瓦尔(Gérard de Nerval, 1808—1855),法国浪漫主义诗人、散文家,被视为象征主义和超现实主义的先驱,后因精神失常自杀身亡。

[3] 尚福尔(Nicolas Chamfort, 1741—1794),18世纪法国剧作家、杂文家,以风趣著称,其格言影响甚广。

我的嘴唇曾让夹竹桃色彩绚丽……

啊！我曾是你留下的第一滴眼泪！
从此我有了匪夷所思的情愫，
挥之不去的怀想，不知缘由的愁绪！

夜幕降临

夜幕降临,如绛紫的眼睑
抚慰疲惫的眼眸,充满柔情蜜意,
啊!愿黑夜的悲悯之手,
善意地合上我的双眼,不再悲戚!

仁爱的双手这样轻摇我入睡!
让我恬适地进入梦乡!
百合花和含羞草把我簇拥,
西斜的落日像是把我埋葬!

暮色朦胧,轻烟飘散……
香草和丁香芬芳弥漫,
这样的夜晚令我迷醉而癫狂!

安详而寂静的黑夜降临……
我亲密的爱人,此刻你一边
亲吻我的嘴唇,一边亲吻我的心灵!

帆船

我走至生命的半途,精疲力尽,
我走了太多的路,迷失了方向!
我来自我不认识的陌生国度,
巨大的世界已经把我流放。

我博览群书,却愚钝无知,
我建起一座座象牙之塔,
却以悲楚的疯狂,以罪戾的双手
摧毁它们,任它们坍塌。

是否我永远是一片死海:
没有潮汐,没有波浪,没有港湾,
梦的风帆被撕得稀烂!

金色的船队扬帆远航……
哦,我希望是我领航驶向大海,
在生命之海乘风波浪,不再归来!

无常

我寻求爱，爱却对我撒谎，
而生命无法满足我的索要，
我是永远的梦想家，用身上的光，
把我光明的城堡建造！

黑暗中太强的光炫目刺眼，
太多的吻灼烧我的嘴唇！
太多的太阳逃离我，
逃到遥远的地方闪烁！

我一生忙于爱恋和遗忘……
一轮太阳泯息，另一轮升起，
驱散我路途上的迷雾茫茫……

恰如一段爱情结束，
另一段爱情就会到来，
我不知道何时，但也终将离开……

我们的世界

我端起生命之酒畅饮,
就像饮下法兰诺[1]的琼浆!
我永恒的爱栖息于你,
就像落叶栖息在湖面……

此刻,我的梦更加缥缈……
你看我的眼神更加深沉……
生活不再是烈焰熊熊的地狱,
不再是占卜未来的幽魂!

我要好好活着,我的爱人!
我们嘴唇贴着嘴唇,
一起把你举起的美酒饮尽!

谁介意世界的幻想是否破灭?……

---

1 法兰诺(Falerno)位于意大利的卡帕尼亚地区,此地生产优质的葡萄酒。

谁理会世界上虚妄的骄傲?……

我们贴着嘴唇,我们相爱就拥有了世界!……

白马王子

情意缠绵的午后消逝,
留下无精打采的倦意,
我穿越攒动的人群,
在寂寥的时间里把他寻觅!

在我的灵魂惶然不安的夜晚,
像是开花,唇上的亲吻在流血,
手拿着紫罗兰和玫瑰,
睁大眼睛谦卑地守候梦的深夜……

多情的王子,我从未找到他!
或许他会像古老传说中的勇敢骑士[1],
在一个雾霭弥漫的早晨抵达!

---

[1] 这里指葡萄牙年轻的塞巴斯蒂昂国王(D. Sebastião, 1554—1578),1578年他率领大军远征摩洛哥,不幸身亡,但葡萄牙人不相信他的死讯,认为国王会在一个有雾的早晨骑马归来,拯救国家。

啊！我们的生命如同幻影，
绵软的手指只会织出无用的花边，
我们等的人，永远让我们在等！

夜幕降临

绚丽的晨曦褪去色彩,
向我们道别,如虔诚的信徒……
什么都不信的我,曾经笃信
我少女时相信的事物……

我不知道谁在我的心中哭笑,
我为每个人送上爱的祝福!
我阴郁的灵魂,备受煎熬,
在无尽的时间里哀哭!

一分一秒的悲伤,都是我的念珠……
哦,沉重的木头为我竖起十字架,
无垠的荒野布满髑髅!

而此刻,我的身心都在复活:
我思念不曾有过的思念……
我梦想不曾实现的梦想……

狮身人面兽

渺无人迹的荒原，我是这里的女儿：
迷迭香中，金雀花在开放，
沿着小路睁开金色的眼睛，
目光中有我的灵魂炽燃的影像。

焦灼的期盼——哦，缥缈的海市蜃楼——
愿我们在亲吻和爱抚中相拥，
我是荒原，你是太阳，
我们一起画出完整的风景！

夜晚，渴求甜蜜的时分，
月光会让我谛听相思之曲，
缱绻悱恻，入我心扉………

当世界睡去，我等待你到来，
我目光沉静，若有所思……
辽阔的荒原上，狮身人面兽正在凝视……

太迟了

你终于来了,奇妙的月光
推开黑夜的门,为了让我看见你;
周遭一切变得寂静,
让我听见你的脚步,为了辨认你……

你终于来了,这是让人疯狂的奇迹!
不可能发生的事发生了:
黑夜光亮如昼,
路上所有的石头都开花了!

我曾用亲吻,把沙漠中的金子寻找,
徒然地把你寻找!此刻,我张开双臂,
裸露双脚,朱唇花开,眼睛在笑!

百年之前,我曾青春貌美!……
我死去的嘴还在喊叫:
"爱人啊,你为什么迟到?!……"

夜曲

这是爱！悲悯的月光
轻吻人间，再消隐于阳光……
这是爱！耶稣迈着惨白的双脚，
奔走在城市的大街小巷！

我怀念……我多么怀念
我寄托在你身上的欢笑和梦幻！
你用我的双臂把我做成十字架，
再把我的青春钉在上面！

我献给你的灵魂，凄切哀伤，
今晚，湖水中的睡莲
展开了白色的翅膀！

请用爱怜的手抚慰我的眼睛，
请用虚幻的吻合上我的眼睑，
别让我睁开双眼就泪水涟涟……

灰色

灰蒙蒙的黄昏扬起尘埃,
美丽的旧花边撕成碎片,
如昏昏欲睡的白色幽魂,
在我的头发和臂膀上粘连……

神情阴郁的僧侣缓缓滑行,
迈着神秘莫测的步履……
阳光在疲惫与倦息中隐没……
悲苦为我把十字架竖起!

伤感的黄昏,轻扬的尘埃,
都在提醒我,我的梦缥缈如烟,
你留给我的恋念是蒙蒙雾霭!

我想起那样的时刻:你的目光令我恍惚……
你的嘴唇把我亲吻……
你化为一缕轻烟,一团迷雾……

窗外

汹涌的大海！被打败的波涛，
留下痛苦的叹息与号哭……
点点海鸥飞翔，悠然轻盈，
仿佛纷纷的雪花在山顶飞舞。

太阳，如大鸟坠落，受伤的翅膀
已经筋疲力尽，但仍缓缓摆动……
哦，亲爱的落日，我双手合十，
哭着为你祈祷，祈愿你摆脱苦痛！

哦，我写下萨满情调的迷人诗句，
不是破晓的晨曦，但宛若月光，
宛若白色的百合花飘落在地！

爱人！你的心在我的心里……
在我的深处跳动，如大海
被一个亲吻永远封合，不再分离！……

幻想的马利亚

在我建造的一座座城堡里,
在我用阳光绣出的金蓝色花朵里,
在梦想裁剪的画布上,
幻想的马利亚把我认作知己。

幻想的马利亚留下我,
我和她在我的灵魂中同眠。
当我醒来,我却一无所得,
有人攫走了一切!只留下黑暗。

幻想的马利亚,你如何毁掉
阳光绣出的那些花朵?
对那些疯狂的梦,你做了什么?

在苍茫的人世,你有何希冀?
幻想的马利亚,别再想入非非,
你梦寐以求的亲吻,有谁会给你?

思念

思念！是，也许是，为什么不呢？
假如我们的梦足够强大，
就会猜想死前会梦想成真，
阳光照进心田，开满鲜花！

忘了吧！为什么？一切都是徒劳！
亲爱的，一切都无关紧要。
如果美梦足以给我们慰藉，
我们已经享有神圣的面包。

亲爱的，我已无数次把你忘记，
但你越是疯狂地想我，
我也会越是疯狂地想你！

是谁让我如此挣扎纠结：
我越是不想追忆往事，
思念越是缱绻不离！

他对我说

他对我说:"艺术是避难所。"
"乘精神的翅膀升华,
忘记你的爱,嘲笑你的恶,
用远离的目光审视自我。

"只有眷顾我们的神圣与不朽,
才是伟大而完美的事物!
光芒让你失明,理想让你迷惘,
但真理就在你那里,无人可以给予!"

绚丽的落日火焰一般燃烧,
他的话语化为灰烬……而我
像忧伤的他一样,伫立着思考……

落日也有灵魂:可以感受,可以爱!
因为明天的太阳会赋予它新生,
我仰望着落日,泪水禁不住流下来……

废墟

如果秋天总是嘲笑春天,
一座座城堡就会倒塌,化为瓦砾……
生命是不停的毁灭,
让幻想王国的宫殿变成废墟!

让废墟长出常春藤,
让常春藤亲吻石头,让石头开花!
生命是持续的毁灭,
让幻想王国的宫殿倒塌!

让我无用的城堡倒塌吧!
我还有更多的梦,它们会飞向高处,
比翱翔的鹰飞得更高!

但梦还是跌落了,跌成碎片!
就像美丽的嘴唇撕碎了亲吻!
我的梦,跌落吧……跌成碎片……

黄昏

你的眼睛,金色的蝴蝶,太阳一样
燃烧的蝴蝶,痛楚地扇动着翅膀,
飞落在我的身体上,温柔疲惫,
仿佛两朵紫色的百合花,忧伤地开放……

百合花闭合,亲爱的,你看到吗?
我朱唇的玫瑰为你痴迷,
我可怜的双手浸泡在药液里,
像是病人,害着迷离的相思……

寂静张开手,把玫瑰抛撒……
缥缈的爱抚,如云雾迷蒙,
如苍白的丝绸逶迤而行……

你红润的嘴唇对着我的嘴唇,
在黄昏缱绻的柔情中,
一颗心在燃烧,在跳动……

恨?

恨吗?不……假如我爱他至深,
假如他曾占有我的过去,
假如我梦想成真,
假如我已把生命之美盗取……

何必介意他是否撒谎?假如
我今天的泪水,模糊了我忧伤的目光,
我这修女的目光,大理石一般冰凉,
像无边的黑暗,笼罩着四方。

罢了,别再去爱!
但以遥远的方式感受他的存在,
像以前,他属于我;像现在,我已不爱!

对我来说,恨只是思念,没有穷尽,
是失去爱仍然爱的无奈,
恨他吗?不……不应有恨……

苦行

我早已把我的青春送进
悲伤的修道院,你禁闭在那里,
沉静孤寂,纤瘦的双手合十,
整日祈祷,双眼紧闭……

外面的明月,如撒旦在引诱!
大自然的美动人心魄……
明月像一个炽热的吻……
你的斗室被月光的河水淹没……

闭上眼睛,什么也不要看!
看了更加忧烦!把你的手臂钉在
更大的十字架上,忍受你的苦难!

让你的裹尸布变得更冷,
用灰烬和泥土填满你的嘴,
哦,这就是我风华正茂的青春!

人生

爱与恨,或者逃离都是徒劳,
欲望与情感也是枉然……
爱情崇高,一旦屈尊下跪,
无异于狂风把鲜花摧残!

在这个世界我们都生如草芥,
我们通过痛苦换得欢笑,
而笑声总是哀叹的回声,
亲吻从何而来?无人知晓!

崇高的幻想瓦解消逝……
思念在心中死去,
在死去的刹那才得以重生……

想爱你相依到老,却不可能……
我们总会忘记美好的时光,
亲爱的,你所欲何求,如果这就是人生?

欢乐时刻

甜蜜而热烈的亲吻,
让时间变得深入、缓慢、静默,
狂欢的夜晚,炽热如火,
迷醉的少女欢笑,无比快乐……

我听见苏木树开花的笑声……
看见疯狂燃烧着的星辰坠落,
慵懒的月光亲吻大地,
点点银光在路上闪烁……

我的嘴唇像湖水一样苍白,
我的手臂像爱抚一样轻柔,
我披上月光洁白的丝绸……

我是一朵火焰,我是神秘的白雪……
哦,我的诗人,也许我还是你
渴求的一个亲吻,在这狂欢之夜!

温柔

头脑里的奇思怪想,
让你头痛难忍,你把头
依偎在你亲爱的嬷嬷的胸前,
她母性的胸脯温暖轻柔。

你会用甜美的声音对我说:
你觉得你比所有人都痛苦,
但我告诉你,正是抚慰你,
生命才折磨你,在灵魂的深处。

你会伏在我的膝上酣眠⋯⋯
而我爬满皱纹的枯干手指
会变得轻盈,柔软⋯⋯

它们会以信徒般的热情,
抚摸你的脸庞,轻如羽毛,
又像白玫瑰凄美地飘零⋯⋯

绝望公主

我的灵魂叫"绝望公主",
正如一位诗人某日这样称呼,
公主面色苍白、愁闷忧伤,
天天都像悲风那样啼哭!

她脆弱得像转瞬飞逝的梦;
她黯淡得像祷告中的痛苦,
她以吞噬冰冷的笑容为生:
我的灵魂叫"绝望公主"……

她在深夜里徘徊游荡……
月光如水,她却感到焦渴,
把无尽的消亡事物诉说!

月光跪在地上,神奇而冰冷,
听着我的灵魂诉说,并在门上
画出一道十字的阴影……

阴影

平静的湖泊波光潋滟,
绛紫的眼圈几近黑色,
清澈的目光慵懒,睡意迷离,
湖畔的紫罗兰,纤瘦的细茎

像手指静默地伸向水面,
炙热的夜晚,风不再吹拂……
只听见肖邦的夜曲,哀愁的笑声,
还有诗人悲伤的梦幻诗句……

迷人的芳香如亲吻一样甜美,
绚丽的花园,玫瑰盛开……以前
玫瑰就是我,我被人钟爱!

啊,死灰无法复燃!……任风吹散,
此刻,在你身上,我是某个人淡淡的影子,
拐进蜿蜒的道路……

逝去的时光

悲惨的我被遗弃,孤单得
像一只丧家之犬,还在把主人寻觅,
苦难之路上我踽踽独行,
我比约伯[1]更凄惨,更遭人鄙视!

一个流浪的犹太人,没有人可怜!
我痛苦忧伤的心充满黑暗,
我失去爱的灵魂是灰烬,是尘埃,
翻滚的波涛是从苦海盗取而来!

我的心是多么大的悲哀啊!……
多少幻想烟消云散!
多少梦一出现就已经破灭。

上帝啊!时光飞逝,多么令人神伤……

---

1 约伯是《圣经》里的人物,是上帝忠实的仆人,遭遇过多重苦难。

一个个瞬间在飞离,成为过往……

如悲伤的水沫载着生命流淌……

落日

"万福马利亚,天主之母……"
黄昏的钟声敲响,祷告声回荡……
斜阳西下,映现晨曦一样的霞光,
天空中,鹰在展翅飞翔!

这是明亮如你的眼睛一样的时刻……
这是回想过往时光的时刻……
我追忆奇妙无比的往事,
追忆曾有过的梦如何离开我!

在这样的时刻,思念像是殉难者,
在跋涉之路上低垂着头颅,
沉思……冥想……

马鞭草在寂寥中枯萎而死……
我苍白的嘴唇上落叶飘零……
而你燃烧的嘴像一轮红日升起……

颂扬

活着！畅饮太阳和风！……向着
天空敞开怦然跳动的心！
上帝给了我们双臂，让我们去获取，
让我们的嘴流着血去亲吻！

总是炽红的火焰，燃烧着升腾！
总是迷失的翅膀，盘旋在云霄，
飞向高处，让星星挣脱束缚！
为了荣耀！为了美名！为了创造！……

我尝过生命的蜜糖，也吞咽苦涩，
我紫罗兰的眼眸是悲伤的湖水，
我的亲吻有异教徒般的狂热！……

我咀含着康乃馨的花蕊！
波希米亚人、流浪者和诗人，
都是我的兄弟姐妹！……

繁花盛开的荒野
（1930）

繁花盛开的荒野

痛苦事物的悸动,这奇妙的诱惑
拍打着我的心扉……
燃成灰烬的石楠花长成玫瑰……
我抹去眼睛里的泪水……

渴盼!展开的翅膀!我身上
带着什么?我听见缄默的嘴
开始低语,告诉我神秘的话语,
像一个抚摸拨乱我的心弦!

焦躁的炙热把我侵袭,
我脱掉我的黑袍,我的裹尸布,
亲爱的,我不再是"相思修女"……

眼睛在爱情的狂喜中灼烧,
嘴唇有阳光、果实和蜜糖的味道:
我是未开垦的荒野,繁花盛开!

骄傲之诗

世界待我薄情寡义,只因没有人
像我一样长有翅膀!只因上帝
在芸芸众生中,让我生为公主,
让我身居高塔,骄傲地远离俗世!

只因我的王国远在天涯海角……
只因我只会仰望渺远的星河,
只因我占有所有闪光的物质!
只因我是我,只因我不是我!

哦,我的爱人,何为世界?它在哪里?
——鲜花在我诗歌的花园开放,
你亲吻的田野长出幸福的粮食……

我的痴迷,我的梦想,我的疲惫……
——我拥抱着你的拥抱,
银河关上了无限之门。

乡村

做村子里最漂亮的姑娘,
每天快乐地走着同一条小路,
看着天主降临到一个个鸟巢,
为每一只小鸟送去祝福。

洗得干干净净的粗布衣裳,
散发出薰衣草和百里香的芳香……
每一粒喂鸽子的玉米里都有太阳
牛羊渴饮着如水的月光……

像水池中的水一样纯净,
当抵达了"真理之地",
便相信每一个生命的永恒……

主啊,请赐予我这样的平静和贫穷!
我甘愿放弃我的公主宝座,
我甘愿放弃我所有的"渴望之国"。

现实

在你那里,我的眸光是黎明,
我的声音是鸟巢的啼鸣,
我因爱恋而红润的嘴唇
有亚麻一样洁白的清新……

你的热吻像西班牙醇酒,
斟在镂雕的酒杯中,令我沉醉,
我松开秀发,让一条路的影子
延伸在你的脚下……

我有色如马鞭草的眼睑,
我有深绿色的眼瞳,我是个褐色美人,
我生来为了与你相见……

你的生命是来实现我的心愿,
此刻我望着你,对你低语,
不知是找到了你,还是失去了你……

童话

亲爱的,我给你带来遗忘,
遗忘你过往所经受的不幸!
我在你的伤口上涂抹药膏,
我曾用它来医治我的苦痛。

我的手有索伦托[1]波浪的姿态……
我的名字里有一朵花在开放……
一个画家从我绿色的眼睛中
提取光亮,为风画一幅肖像……

给你我的所有:沉睡的星辰,
黄昏的帷幔,
金色的太阳,翻滚的波浪。

把上帝与我一起创造的世界,都给你!

---

1 索伦托(Sorrento)是意大利的滨海城市。

——我就是你想念的那个她,

那个童话里的公主:"很久很久以前……"

给一个垂死者

不要害怕,不要!就像
秋天的夜晚静静睡去;
轻轻地闭上眼睛,就像
午后的鸽子也有了睡意……

你的胳膊向下垂落,
你的头颅微微后仰,
像黄昏时分的鸽子,
归巢时合拢了翅膀……

然后,然后呢?……是蓝天?
是来世?是永恒的虚无?是上帝?
是地狱?是惩罚?还是长眠?

垂死的人啊,还有什么让你留恋?
——无论如何,来世胜过今生!
彼岸胜过此岸!

我

直到现在,我还认不清我自己。
我以为我是我,而不是
那个我在诗中写到的她,
那个她像泉水和阳光一样清晰。

我不知道我是不是我,
即使知道,我也不会说……
我看见了缤纷的幻梦,
我跟随我前行,我看不见我!

我寻找我,一个可怜的疯女人!
我在你的目光里看见我的眼睛,
我在你的唇间找到我的嘴唇!

生命的欲求无法平息,
是你灵魂的火焰
再次点燃我心中熄灭的灯盏!

乡间漫步

我的爱人！我的情人！我的朋友！
去把飞逝的神圣时光收割，
在我的深处，和我一起把它饮下！
我感到快乐和强大！我是个少女！

亲爱的，我有古老雪花石般的肤色……
我有窈窕的细腰……
有佛罗伦萨圣母般纤秀的手指……
——让我们去麦田里奔跑欢笑！——

满山都是翠绿的锦绣图案……
罂粟花艳红，麦子金黄……
泉水喷溅着幽蓝的水光。

亲爱的，四周是旷野，
幽暗荒凉的路上走着两个身影，
地球上只有我和你……

下午的大海

下午金色的阳光，走向灰烬，
地平线上，仙人掌开出紫红的花，
海上的细浪翻卷荡漾，
像一个稚童在嬉闹玩耍。

大海把貂皮大氅摆在沙滩上，
潮来潮去，跟随着命运！
太阳在点燃白色的房子上，
描画杀人凶手留下的血印！

面朝大海的下午多么美好！
阿波罗以抛撒花瓣为乐，
玫瑰花从天空纷然飘落……

你黝黑的双手，以战栗的姿势，
奇迹般地把我抚摸，
仿若垂死的太阳的羽翅……

如果你来见我

这个下午,迷幻而倦怠,
如果你此时赶来见我,
当温柔的夜晚到来,
你会把我揽入心怀……

你会让我想起:你嘴唇的味道……
你脚步的回音……
你泉水般的笑声……你的拥抱……
我手中你的手……还有你的热吻……

如果你来见我,在我美丽而癫狂的时候,
我会给亲吻描出甜蜜的唇线,
我会穿上火红的丝衣,歌唱,欢笑。

我的嘴唇会像康乃馨在阳光中盛开,
我会心旌荡漾地闭上眼睛,
我会敞开臂膀迎接你的到来……

神秘

我喜欢谛听屋檐的雨滴,
诉说着无人知晓的传奇!
我爱谛听你的谣曲描述,
那些痛苦和罪恶的梦呓。

从你纤柔白皙的手指间,
飞离出一支跳跃的乐曲,
照亮我们学不会的语言,
照亮平坦道路上的絮语。

你让那哀伤凄怨的战栗,
掠过我冷漠而苍白的脸,
这感觉很陌生但又悲戚……

也许我将破译你的奥秘……
当我在幽冥的坟墓安眠,
我的身体将以玫瑰充饥!

天赋

愿上帝给我非凡的天赋,
宛如钻石把光芒点燃,
再给我罕有的美妙灵魂,
如魔幻之舞,炫目耀眼!

愿上帝把你煮成一道神食,
喂养我奇异、激越、叛逆的爱恋!
愿上帝为我举起不熄的火炬,
用一把铁錾把我的苦难凿穿!

愿上帝让我属于你……却毫无目的!
——放下我受难者的双臂吧,
我赠你的吻毫无意义!

走!走吧!如何走?走向哪里?……
如果我开辟一条星光之路,你举手之劳
就足以把它隐匿……

我的手

我有一双瘦削纤柔的手,
白皙得像涌出的泉水,
令人想起东方的公主
装饰胸脯的白色玫瑰。

是宁芙、仙女、女先知的手,
是可怜女人的手,她们裹着丝绸,
是在阳光中死去的贞女的手,
而为贞女裹尸的,是落日金黄的手。

纤柔白皙的手……天生如此……
被人拒绝的手,拒绝的是你……
它们如此美好,我喜欢我的手!

上帝啊,我用这双手做什么?做什么?
哦,我的手,在哪里可以触及天堂?
如何用线条画出你的肖像?

夜色

我的灵魂跪下,举手祈祷,
黑夜正在我们身上降临,
如水的月光溢出瓷瓶,
在群山洒满清辉。

不知谁撒落这么多珍珠!
山坡上有人低语,说个不停……
卑微的野花开满田野,
黑夜合上它们温柔的眼睛。

青烟缭绕,轻吻农家的茅舍……
泉水潺潺,田园诗一般宁静……
柳树间传来夜莺的啼鸣……

夜色就这样降临了,静谧……安详……
我内心欣喜,屏息谛听
石头的心跳在山中回荡……

纪念

我曾是那个沿街乞讨的人,
我曾是那个住在宫殿里的人;
我曾是那个用苍白的手指
摩挲大理石圆拱的人……

太多的诗人向我歌唱!
我曾编织粗麻,坐在别人家的门前……
我曾航海到印度,却没有回来!
我是一只没有归程的风帆……

我有卢济塔尼亚人[1]的褐色肌肤,
我有碧绿如海的眼睛,
我是一条美人鱼,由航海者啜哺……

回首往事,如迷雾消隐……

---

1 卢济塔尼亚人(Lusitanos)是伊比利亚半岛最早的土著居民之一,因此葡萄牙人也自称为"卢济塔尼亚人"。

但愿我依然故我,还是"那个人",记忆中一个个的"那个人"!……

我们的家

亲爱的,我们的家,我们的家
在哪里?为什么我看不见?
我有炽热的狂想,强烈的渴盼,
我一瞬间就可以把它筑建!

家在哪里?亲爱的,在哪里?
除了家,世上还有什么令人艳羡?
那将收留我们亲吻的温馨小巢,
难道比不过一对高飞的翅膀?

我梦见……你和我,两个可怜人,
手拉着手走在花园的小路上,
花园里的玫瑰在开放。

我们来到一个陌生的幻想之国,
我们一起生活,多好啊!我住在你的最深处,
而我,亲爱的,也是你的栖居之所……

乞丐

我活在世上，却一无所有，
我谁也不是，只会沿街乞讨……
星夜的寂静中我踽踽独行，
哪里是路的尽头，我不知道！

我曾有太阳的氅衣，是谁把它偷走？
是谁踩踏了我凋落的玫瑰？
是谁用汹涌咆哮的波涛
把我畅饮美酒的金杯打碎？

现在，我以行乞为生，
世界这么大，却没有人看我一眼，
看一只虫蛆如何在地上爬行……

啊！我多愿像虎狼一样，
发出凄厉嘶哑的嚎叫，
在这荒凉寂寥的旷野上！……

极度困惑

你有过太多的女人,太多!
太多的影子萦绕你!我妒忌?
如果说她们安慰了你的梦,
我对她们的到来并不介意!

上帝的手从地上拔出稗草,
拖曳到你的门前任其枯死……
如果说我是可怜的活死人,
那么太多的女人都是如此!

我是每天的清晨:我捻灭星辰!
你定会看见我,用每个女人的芳唇吻我,
即使你在亲吻最美的一个!

最后一个女人也来了,终于来了,
在这个女人激荡的身体里,
你拥抱的是我的身体……

托莱多[1]

在金杯里燃烧,托莱多像一颗
红宝石。今天的时光只属于我们!
太阳在笑,我描画你的一个姿态,
感觉它不会消失,只会永存……

你的手颤抖着,抚摸我的身体……
我琥珀般的身体,如花似玉,
像一株兴奋不已的茉莉花,
陶醉于阳光、芬芳与欢愉!

我微微合拢目光,让你飞升,
飞向浪漫的恳求,静默而迷蒙,
——美丽的爱情总是哀伤而沉重。

---

1 托莱多(Toledo)是西班牙的一座古城。

蓝色的特茹河[1]在远方闪烁……

一座高塔向着天空尖声呼喊……

你的嘴唇在我的亲吻中飘落……

---

1 特茹河（Tejo）发源于西班牙，流经葡萄牙，在里斯本流入大西洋。在西班牙它叫塔霍河（Tajo）。

秋天

枯叶落在湖面,秋天的阴影里,
不知是谁织出寂静的花边……
看啊,天黑了!——乌有之国
缥缈遥远,雾霭弥漫……

天鹅绒的波浪,神秘的诱惑……
让人心神荡漾……无法忘怀,
渐渐消隐的光亮,
在我身上留下祝福的抚爱……

秋天的傍晚,绛紫、杏红、金黄
织出灿烂的锦缎!
——整个世界都绚丽斑斓!

秋天的傍晚,如此静寂,
在欢乐的销魂之夜,
爱情让我恍惚,让我啜泣……

做一个诗人

做一个诗人,是做比任何人
都高大非凡的人!是用亲吻咬噬!
是即使沿街乞讨,也如远方
痛苦之国的国王,乐善好施!

是即使不知所欲何求,
也要点亮一千个愿望!
是内心深处有闪烁的星球,
是长出鹰隼的利爪和翅膀!

是对无垠充满饥渴!
是把黄金与锦缎的清晨披作铠甲……
是高喊一声就喊出全世界!

是爱你,不顾死活地爱你……
是让你成为我的灵魂、血液和生命,
并歌唱着告诉每一个人!

破晓

夜色渐白,曙光在升起……
听得见泉水更响亮的笑语……
寂静城市上空的天际线,
有一朵盛开的兰花奇妙无比。

燕子已经准备就绪,只等
太阳出来,啾啁圣洁的祷词。
公鸡在山间啼叫,此起彼伏,
唱着生命的欢歌,热情洋溢。

脚步声远去,一个身影消失,
每一个阴影都隐藏着的背叛……
周遭的寂静欲言又止……

眩晕的月光惨白,叫人想起皮埃罗[1],

---

1 皮埃罗(Pierrot)是哑剧和喜剧中常见的角色,起源于17世纪晚期在巴黎演出的意大利剧团,脸涂白粉,头戴尖顶帽,神情哀伤。

他面色苍白,神情恍惚,衣衫不整,披着月光在啜泣……

青春

青春朝气蓬勃,绚烂多彩,
青春热烈神奇,无所畏惧;
蓟草可以长出玫瑰的绿叶,
一滴水里有钻石光芒熠熠。

青春让我像犹太人那样流浪,
让我的灵魂如激流奔涌不息,
让我与狂风暴雨结为姊妹,
我有炽红的你,就获得胜利!

我红宝石的血液,火星四溅:
火焰在我的诗句中升腾,
罂粟花开满我的唇间!

你疯狂地爱我,让我如醉如痴,
啊,我的爱人!我们的心
是多么的渺小……而生命流水般逝去……

爱！

我想爱，不顾一切地爱！
只为爱而爱：在这里爱，在那里爱……
爱你，爱他，爱另一个，爱所有人……
爱！爱！爱不上任何人！

记住？忘记？没有不同！……
攥住，还是放弃？是爱？还是恨？
谁要说一生只能爱一个人
谁就是在骗人！

每个生命都有一个春天：
只有歌唱才会春暖花开，
上帝赐给我们声音，就是为了唱歌！

如果有一天我归于尘埃、灰烬和虚无，
愿我的长夜是一个黎明，
愿我明白丢失自己才能找到自己……

思念

这个神话的国度令我着迷,
我脱下丝绸的衣裳,留在这里,
我把我的珠宝分配给女仆,
就像分享圣洁女王的玫瑰!

我还有很多的宝石!很多!
在那里我播种它们,却没有收获……
你们带我看一看这个国家,
我出生在这里,我是这里的公主!

哦,我的幻想之国,我的渴盼之邦,
我不知缠绕的幻觉,
是真实的存在,还是乌有之乡?

我要回到现实!但路在哪里?
啊!有太多的影子和我毫无异样,
但我不想成为影子的影子!

贪念

我曾发誓去爱,那些
走过的幽魂和流浪汉,
但我的双臂软弱无力,
无法像翅膀向他们飞去……

假如我的手如利爪一般
插进心还在跳动的爱情,让它流血……
不知有多少野蛮的豹子也在猎杀,
仅仅为满足杀戮的嗜好!

我的灵魂是一块死亡的石头,
耸立在孤独的山顶,
诘问云涌风飞的天空!

男人的爱?——大地如此被踩踏!
雨滴在风中飘洒……
哪个男人?——我梦见了上帝之爱!

受难

做你的朋友、新娘或者妹妹……怎么都行!
因为有你,天空布满星辰,
为了你的爱,我这个乞讨者亲吻你的施舍,
这样我才配得上你给我的身份。

你甚至可以爱其他的女人,
我会在梦中用优美的词语,写出
苦涩而美妙的诗句献给她们,
让你在闲适的夜晚为她们诵读!

我把自己钉上十字架,钉死双臂,
为了不被他人践踏,
我的嘴贴向你走过的足迹。

之后……啊!巨大的苦难之后,
你会从其他女人的子宫里重生,
你会从另一个母亲那里重生!

等一等

哦,亲爱的影子,别和我说再见,
请放慢你脚步的节奏;
我们因久远的爱恋而拥抱,
请你把我的纯洁与芬芳感受!

我是倦怠的女主人,司掌着神秘,
我是怪异的女孩,痴迷于幻想,
我在你怀抱里成为囚徒,……
哦,亲爱的影子,请留在我的身旁!

你的爱让像我湖水,悲伤地荡漾,
你听不见,多少浪花在欢笑,
多少水妖在水下歌唱!

哦,我亲爱的影子,等一等,不要走……
你看,在我之外都是虚空,
你走了再也无法把我找到!

质询

我在徒劳的苦痛中备受煎熬,
我心中的歌声喑哑无声,
嘶哑的呼喊撕扯我的咽喉,
发出疯狂的喧嚣,让我无法安宁。

哦,神圣的荒原,你的灵魂,
与我宝石般的灵魂亲如姐妹,
告诉我,我从哪里来?我往哪里去?
为何苦痛把我颂扬,引我高飞?

对新世界的向往、对无垠的憧憬,
都化为呜咽与嘶喊的回声,
熊熊的篝火把我吞并!

告诉我,是谁的一只手攫住我?
跳动的血在漫延,留下斑斑血迹……
告诉我,为什么我要忍饥受渴?

享乐

在美好青春的纵情欢娱中,
在战胜命运的异教般的狂喜中,
在充满渴盼的兴奋与癫狂中,
我把我的身体许诺给死亡。

阴影把谎言与真相缝合……
北风吹飞一片流云……
——身体!我用身体斟满烈酒:
欲念与邪恶酿成的亲吻!

我的胸脯种满了大丽花……
当我拥抱你,我阳光的手指,
会像长矛一样刺入你的胸膛!

我的身体跳起阿拉伯舞,轻柔摆动,
妖媚诱人的舞姿,
会把你带入但丁的轮回的旅程……

过滤

我的爱人,这没什么:空空的贝壳里,
涛声回响,哭音飘荡……
啊,哭干的眼睛!两个可怜的孩子……
世界上没有光芒把他们照亮!

因为你,我会走上歧路,
我伸向钻石的双手,
会被钉上荆棘的十字架,
而你站在我的胸膛上,把美景享受!

为让你远离其他淫邪的身体,
我会献身于你,给你亲吻,
这样,其他卑贱的嘴唇就不会吻你!

仿若来到梦中的湖泊,轻抚水波,
我会展开燕子疲惫的翅膀,
一个俯冲就把你整个捕获……

更高

飞得更高,是的!更高!
飞离生命的痛苦盘桓的梦魇,
甚至飞离自我,成为一个失踪者,
谁也无法找到我的踪迹。

世人不再认识我,我是另一个人:
一个骄傲的人,一只翱翔的鹰,
一个迷惘的人,哪怕做梦
也会逃离,逃向浩渺之境!

飞得更高,是的!更高!高得不可企及!
那是耸峙云霄的仙界,
超脱凡尘,光彩熠熠!

飞得更高,是的!更高!飞进
我的怀抱,一个圣洁女人的怀抱
足以容留生命给我的苦厄与烦恼!

金色的神经

我的神经,是一个个金色的铃铛,
在我的灵魂中奏出奇特的交响,
肆无忌惮、喜忧参半,
让我欢笑,也让我流泪悲伤!

在我的身体内,我拼命摇动
这些金色的铃铛,一刻也不曾停歇,
我的疯狂,我的幻觉,我的奇想,
如红色的旋风把我裹挟!

我的心,是皇室的贡品,
我高高举起奉献!在我的手上,
一朵紫色的玫瑰含苞欲放!

我的身体,我的内心,布满
金色的神经,它们骚动不安,闪烁出
我的诗歌至高无上的艺术!

椴树的声音

椴树歌唱着告诉我:"我真诚无比,
我如你所见:我是梦想与仁慈;
风吹过我,便给我赋形,
用空气塑造我的形体。

"清晨的太阳是一个火山口,
是一条缠绕我的金蛇……
我的手携来了春天……
为我自己,为安慰我凄恻的黑夜。

"风奏响莫扎特的乐曲,庄重而忧郁,
我兴奋的灵魂,脱掉衣衫,
倾听雨水朗读魏尔伦的诗句……"

椴树看到我心怀忧伤,对我低语:
"我曾像你一样,是个诗人……
但你现在该像我这样,做一棵树……"

我要

我多想回到我纯真的年代,
亲近纯朴的事物,心无杂念,
剥去虚伪的骄傲、圆滑的世故:
这些遮盖残缺雕像的破衣烂衫!

啊!我要从百孔千疮的肉体,
挖出意识深处的可耻秘密!
啊!我要成为绽放的星辰,
让纯洁无瑕的黑夜星光熠熠!

落日西斜,我要成为思念的白杨,
用柔韧的树枝吸纳雨露,
完成生命给我的神奇使命!

我要成为茎、汁液、颤动的枝叶,
我要把已死的心放进一朵花的骨灰瓮,
高高地举起,祭献给太阳!……

? [1]

夜晚，是谁采摘了玫瑰

为蛤蟆铺上艳红的睡床？

又是谁把燕子打扮成修女的模样？

还让花园的阴影散发出芬芳？

是谁在茉莉花中雕出一颗颗星星？

是谁把女王的秀发给了向日葵？

是谁创造了大海？是谁

为我创造了我，并让我的灵魂流血？

是谁创造了人并让豺狼获得生命？

是谁让圣女特蕾莎[2]在神秘中欣喜若狂？

是怪兽？是预言家？抑或是月光？

1　原文标题如此。

2　圣女特蕾莎（St. Teresa of Ávila，1515—1582），16世纪西班牙最具传奇色彩的女性之一，因少年时患了癫痫，后来专心事奉上帝，她在自传中曾讲述她梦中的超验体验。意大利艺术家贝尼尼以她为原型创作了著名雕塑《圣女特蕾莎的狂喜》。

是谁给了我们翅膀,我们却伏地爬行?

是谁给了我们仰望星辰的眼睛,

却不给我们飞向星辰的臂膀?

纪念[1]

在阿西西城[2],那个苦行者,

三次被封圣的人,沿途宣讲说,

太阳、大地、花朵是我们的亲人,

悲哀的皮带系着我们的贫穷,

哪里有罪恶,哪里就有爱德,

两者都是我们的兄弟!——他在

翁布里亚[3]的路上一边奔走,一边梦想,

把爱的链条中最大的一环锻造!

"看护我们的太阳兄弟,我们的水姊妹……"

啊,苦行者给我的训诫,

---

1 这首诗是诗人为怀念她死去的弟弟而写。

2 阿西西(Assisi),位于意大利佩鲁贾省的一个古镇,建于中世纪,方济各会的创始者圣方济各在此出生。方济各在教义中称呼太阳、风、火为兄弟,称呼月亮、星辰、水为自己的姐妹,称大地为母亲。

3 翁布里亚(Umbria),位于意大利中部,是意大利唯一不临海的内陆地区。

像是被狂怒的风暴摧毁的船帆,

已经在茫茫苦海里沉没!
——我的弟弟,我生命的亲人,
我是你的姐姐,是你唯一的姐姐!

阿连特茹的树

时间死去……山脚下的原野
像一片灰烬,延伸至远处,
被折磨的树在流血,在反抗,
向上帝高声祈求泉水的祝福!

当太阳升起,清晨变得明亮,
金雀花沿着道路炽燃似火,
头发凌乱的斯芬克斯,
在地平线上剪出悲剧的轮廓!

这些树也有心灵,有我一样的灵魂,
恸哭的灵魂,徒劳地寻找
解除痛苦的灵丹妙药!

树!不要哭!睁大眼睛看看我:
——我渴得要死,一直也在呼喊,
祈求上帝恩赐我一滴清泉!

有谁知道

我想知道,为什么我就是我!
是谁用一条黑暗之路拒绝我?
我想知道,为什么我的双手
握有美好的事物却不属于我!

谁会告诉我,渺远的天堂
是否是为作恶多端的人而设?
逝者的魂灵去往哪里?
我一定要找到上帝,锲而不舍!

我走的道路通往大马士革,
我呢喃着盲人看见的星辰,
潺潺泉水让我充满焦渴!

我对永恒的渴求在阴影中蹒跚,
有谁知道,它是否就是真理?
是否就是上帝之手,给我慰藉?

哀怜

我哀怜世上所有触手可及的事物,
所有可以感受的事物,
我哀怜那些欺骗和被欺骗的人,
哀怜那些赤脚走在人生之路上的人。

我哀怜山峰上耸峙的岩石,
它们直视苍穹却看不见天国;
我哀怜那些与众不同的人,
哀怜那些在登攀中流血的人!

我哀怜我自己,也哀怜你……
哀怜无法亲吻星星的微笑……
哀怜我生不逢时……

我哀怜我没有翅膀飞向天空……
哀怜不能做这个人,那个人,另一个人……
我哀怜我活着,但活着的却不是我……

是我!

当鸟儿栖息在我的肩头,
我把我异教徒的红色梦想,
抛向田野,抛向沙丘,
抛向洒满晨光的山岗……

竖有无用雕像的主教堂,已化为废墟,
我被无名无姓地埋在那里,
云朵哀泣,唤我为姐妹,
金黄的太阳望着我,恍惚而痴迷!

波浪经久的回声……星球的回声……
世界的回声……遥远的永无乡的回声,
从那里我带回的诗句,魔力倍增!

是我!是我!是我
用渴盼的双手收获了生命的荆棘,
却没有把玫瑰摘取!

泛神论

余烬般的午后在燃烧,夏日的太阳
把地平线系在腰间,妖媚亮丽……
我感觉我是炫目的霞光、色彩的节奏,
如阿那克里翁[1]闪光的诗句!

我看见我是空中的翅膀,是地上的青草,
我听见我是潺潺泉水发出的笑声;
我的身体变成一座山,
线条硬朗高耸,如马朗山峰[2]。

我伏卧在地,开始沉思遐想:
我狂热地信奉泛神论,
我强烈地去体验

---

[1] 阿那克里翁(Anacreon,约公元前582—约公元前485),古希腊诗人,创有"阿那克里翁诗体"。
[2] 马朗山(Serra do Marão),位于葡萄牙北部的山峰。

世间所有明亮的事物,

但我的灵魂是幽深的坟墓,

死去的诸神在此沉睡,心满意足!

可怜的基督

哦,我的家乡在辽阔的平原,
那里有明媚的太阳、石灰墙和月光,
我从未见过大海,
但那里有我的家,有面包作食粮。

午后,这里没有一只鸟儿飞翔,
没有一片叶子飘动……人们睡意昏沉……
我的红宝石戒指熠熠闪烁,
我摩尔人[1]的家乡炙热如灰烬!

我的家乡,我的弟弟在此出生,
我的母亲在此死去,她爱过,
也被爱过,满头金发的她曾经多么年轻……

---

1 摩尔人是指中世纪时期曾经征服欧洲伊比利亚半岛等地的穆斯林居民,主要由阿拉伯人和柏柏尔人组成。葡萄牙中南部曾被摩尔人占领,留下深刻的社会影响,因此诗人用"摩尔人的"来形容自己的家乡。

啪，啪，啪——传来敲门的声响，
我却无处安身，我是来自远方的穷人，
家乡啊！黑夜将近，请给我一张睡床……

给一位少女

睁大你的眼睛,直视生活!
掌握自己的命运!撕破地平线!
用你少女珍贵的双手
筑起一座座桥,跨越泥潭。

跟随你的心,走你的生命之路,
径直走,翻过高山峻岭!
尽情啜饮甘泉,咬噬着果实微笑!
亲吻命中注定的爱情!

要把最遥远的星辰视为知音,
用你的手为自己挖好墓穴,
最后含笑躺在里面安眠!

愿大地用爱抚的手,唤醒
你苗条年轻的身体,让它的美
沐浴着阳光长成花茎!……

我的罪过

我不知道！我不知道！我真的不知道
我是谁？海市蜃楼，幻如泡影……
我是一个镜像，是风景的一隅，
是一幕场景！来去无踪……

就像好运气：今天有，明天没有！
我不知道我是谁？谁知道我是谁？
我是一件衣服，被一个朝圣的疯子穿在身上，
再也没有回来！我不知道我是谁！

我是一只蠕虫，曾想变成星球……
我一尊雪花石雕像，已被截断……
我是基督的一道血淋淋的伤口……

我不知道我是谁？！不知道！
在充满傲慢和罪恶的世界，我听命于命运，
我是一个坏人，是一个罪人。

你的眼睛

我爱人的眼睛,是金发的王子
关押着我的一群疯癫的囚犯!
有一天,我给王子留下了我的珍宝:
我的戒指、花边,还有绸缎。

我还留下了我的摩尔人的宫殿,
我的一辆辆战车,它们已经破损,
留下了我的钻石,我从遥远的未知国
带来的所有黄金!

我爱人的眼睛,是喷泉……水塘……
神秘的中世纪墓园……西班牙花园……
是永恒矗立的主教堂……

天国的摇篮放在我的门前……
哦,这是我的婚床,等待着缥缈的新婚之夜!……
这是我华丽的墓穴!……

爱是除了深爱别无所爱[1]

I

我一往情深地爱着你,
你是我的救赎,你是我的胜利,
你牵着我的手,
把我送入燃烧的火光里。

你流水般美妙的声音,
教我如何歌唱,我唱出的歌
有我的爱情诗跳跃的节奏,
有我疑惑的内心感受的恩泽。

一根手杖,引导失明的我
从黑夜一直走向魔幻的灯塔,
红色的康乃馨燃成熊熊的篝火!

我,高昂起头,直视着太阳!
在这个世界上我不是一个失败者,
我是真正的鹰,请你引我飞翔!

---

[1] 这句诗取自被公认为葡萄牙最伟大的诗人路易斯·德·卡蒙斯(Luís de Camões,约1524—1580)所创作的十四行诗的第35首,作者以这句诗作为这组诗的题目。

II

我的爱,我的爱人,看着我,
用你漂亮的金色眼睛,认真看着我,
——上帝让我悭吝我的爱吻,
你不要用尽它们,我会给你更多。

我的眼睛闪烁着珍稀宝石的颜色,
——为取悦你我才有这样的眼眸——
我的手是源泉,清澈的流水
欢唱着从枯涸的花园流过。

我的悲伤是一枚秋天的落叶,
被弃置在孤寂的花园,
与湖中的睡莲一起漂泊……

是上帝让我穿过你的道路……
——你与我擦肩而过,却没有看到我,
你孤身前行,如何向上帝自圆其说?

III

我的身体颤抖着把你寻找,
我的手在你的肌肤上灼烧,
散发出琥珀、香草和蜂蜜的气息,
我欲念的手臂想疯狂地把你拥抱。

我的眸光四处找寻你的眼睛,
亲吻是渴,胆汁是苦,
令人晕眩的饥饿,粗暴而残酷,
无法得到缓解与满足!

我看见你如此遥远,但感觉你的灵魂
就在我的身边,宛如平静的湖泊,
吟唱着告诉我,你不爱我……

我的心,你感觉不到它的跳动,
它是一个黑色的棺柩,
在火焰的大海上漂浮,无问西东……

IV

是你！真的是你！你终于来了！
我又听见你脚步的欢笑！
我看见你向我伸出双臂，
上帝创造它们，用来把我拥抱！

神灵显现，一切无比美好……
哀颓与疲惫也被驱散，
世界不再是世界：是一个花园！
天空打开寥廓的空间！

把我整个抱住，亲爱的，紧紧地抱住！
周围有人吗？没有，只有你和我！
而地球？—— 一个死去的星球在漂浮……

一切都是燃烧的烈火，一切都可感知，
一切都是生命永恒的激荡，而这一切，
亲爱的，都是为了让你属于我，我属于你！

V

告诉我，亲爱的，你多么需要我，
对我说，你选择的梦多么美妙，
请把我拉出苦厄的泥沼，
让我栖息在你的胸膛上微笑。

我手中拎着一颗破碎的心，
总是沉迷于怪诞的胡思乱想；
请让我看到光明，教导我
如何自我拯救，把头颅高昂！

当我沉入黑暗的水池，
我没有幻想，没有信念，没有柔情，
只有垂死者失去信仰的苦痛。

我舌敝唇焦，呼喊着你的名字，
亲爱的，因为你是从山间奔来的清泉，
给我带来清凉的慰藉。

VI

我对路上的石头说起你,
我对太阳说起你,太阳灿如你的目光,
我对河水说起你,河水浪花闪闪,
展露公主和仙女的衣裳。

我对翩飞的海鸥说起你,
它们像是白手帕在挥舞,
我对刺入月光的桅杆说起你,
星辰的黑夜充盈着独孤。

我告诉你我的焦灼、梦想和希冀,
期盼你欣喜若狂的灵魂
让我用亲吻筑起的高塔通向天宇!

我爱的呼喊,穿越时空,
像是星辰从我的心怀坠落
落入像丝绸一样闪亮的荣光!

VII

只有那些死者从未相信
生命只是来去匆匆的过程,
一条幽暗的小径,一片风景,
我们的感官沉迷其中。

从废墟中的荣耀之塔,
死者再不会死而复生,
不再承载骄傲和勇敢的幻梦,
不再恸哭,不再发出笑声。

当我离开人世,踏上光明之国的旅程,
愿上帝把我编织成
黄昏的一片静谧的阴影,

如同折皱的裹尸布,
仁慈地披在钉在十字架上的英勇身躯,
去抵御另一个战场的孤独!

VIII

睁开你的眼睛,寻求光明,
把心点燃成火炬,高高举起,
把世界上的一切化为
在泥沼中对星辰的凝视!

热爱光荣的太阳,
热爱自己的声名,哪怕遭人怨恨;
即使被钉上十字架,也心怀悲悯,
去爱那些不爱我们的人!

用破碎的梦筑建一个梦之塔,
更高的塔,如果这个梦也死了,
就穷尽生命筑建更多的高塔!

假如可以计算出我们的有生之年,
如同计算出每一个向上的台阶,
我们为什么要介意打败我们的绝望?

IX

就像远处渐渐消隐的迷雾,
我失去了我的梦幻城堡,
我要为它而战斗,直到凯旋,
但我折断了一根根长矛!

我在冰海上失去了船帆,
它们在雾霭迷漫中翻沉……
——迷障重重!谁能看清?——
我没有求救,宁愿在海底葬身!

我失去了我的钢刀,我的战马,
我的酒杯,我的戒指,
失去了镶满黄金和宝石的铠甲……

群山压在我的心头,
奇特的祈求在我的唇间呢喃……
我惊愕地凝视我空空的双手……

X

我要得到更渺远的星星,
更广阔的天空,更有创造力的太阳,
更皎洁的月亮,更浩瀚的海洋,
更壮阔的惊涛骇浪。

我要把灵魂的窗户开得更大,
更多的玫瑰花绽放在花园,
更多的高山屹立,更多的雄鹰飞翔,
更多的鲜血染红绣有十字的风帆!

我要张开双臂,拥抱生命,
——沿着死亡的斜坡向下走,
越走越轻松!

当完成使命,我感觉喜乐与安宁,
我会睡去,神态安详,
宛如婴孩在摇篮里酣眠!

遗 骸
(1931)

埃武拉[1]

埃武拉！天空下街道荒凉，
浸染着紫罗兰的彩色……
修士们悲伤地忏悔，向上帝
祈求宽恕我们虚荣的罪责。

我去过那么多城市，却一无所获！
只有在这里我才想起如何吻你，
只有在这里，我才觉得
我青春的梦想属于我自己！

埃武拉！你的目光……你的身影……
你蜿蜒的嘴唇，那一年的四月，
我胸膛中的那颗心怦怦跳动！

每条街巷都有幽魂的影子闪过……

---

[1] 埃武拉（Évora），葡萄牙中南部古城，弗洛贝拉·伊思班卡曾在这里生活和求学。

我阴郁的灵魂倾听,凝视……

目送着少女们走过,一个接一个……

在加西亚·德·雷森德[1]的窗口

古老的窗子朝向平坦的街道……
皎洁的月光把街道照亮……
从前,在疯狂纷争的间歇休憩,
我会是一朵花,在诗意的窗台上盛放……

太久远的往事,令我引以为傲!
或许……谁知道呢?我的狂野之心
仍属于阿连特茹,在月影的窗台上,
怦然跳动,情不自禁……

我是神秘的女主人,但春天已经归去,
我属于过去的时光,我看见
灿烂的阳光下,巡游的队伍远离……

---

[1] 加西亚·德·雷森德(Garcia de Resende,约1470—1536),出生并一直生活在埃武拉的葡萄牙诗人,其故居目前是该城的文化旅游景点。

旌旗飘扬,旗手高举王室的旗幡!
你凯旋而归,血红的手高擎着
我的徽章:一颗淌血的心脏!

不可能

我燃烧的灵魂是熊熊的篝火,
是一个巨大的火堆,噼啪作响!
但我没有找到渴求的火焰,
去烧毁我的迷茫与彷徨。

世界虚妄而残缺!可悲的是
没有圆满和完美,即使悲苦的黑夜
也刺人眼目,让人瞎掉双眼,
世事都是徒然!天啊,这多么悲哀!

我对苦难兄弟们说尽千言万语,
但他们无法理解!我明白,并预感,
一切都会离去,无声无息……

如果我说出为我而哭的苦痛,
而不是黯然啜泣,像现在这样,
兄弟们,那么我感受的苦痛会截然不同!

徒然

我过着悲伤的生活,我就是悲伤:
一个可怜人,从未得到祝福,
一个疲惫的路人,匆匆走过,
不知来自哪里,不知去往何处?

啊!没有爱怜,只有太多的冷漠,
我如花的嘴唇遭人鄙视!
寂寞难挨的修道院里,
没有人走进我孤单的斗室!

我爱世间万物,我爱人人……
我这般爱着,用绝望的爱,
把全世界都装入我的心中!

我虚掷了青春年华,
走在路上,心中没有一丝眷念
让我脚步的阴影开出鲜花!

沉默的声音

我爱石头和星辰，爱黑暗中
亲吻路边野草的月亮，
我爱湛蓝的水，爱动物
温顺而圣洁的目光。

我爱倾听绕墙说话的常春藤，
爱青蛙，爱轻柔的叮当声响，
爱可以轻抚的水晶，
爱荒原有一张硬朗的脸庞。

我爱所有缄默的梦，它们源于
诉诸感受而非言语的心灵，
爱所有渺小而无限的事物！

我爱护佑我们的翅膀！
爱那永无止息的恸哭
把我们强大而苦难的宿命倾诉！……

为什么?

倘若不再焦虑和恐惧,
不再迷茫,不再莫名地抑郁,
不再纠缠咒语和诽谤,
为什么还要做苔藓,依附于石壁?

为什么还要做山间的灌木,
任人踩踏?生命玄秘深奥,
如浩瀚的大海容纳我们,
难道我们比大海更为深邃浩渺?

倘若我们会飞,为什么还要羽翼?
倘若爱情之歌响彻宇宙,
咏唱圣歌还有什么意义?

倘若我们仅以一句诗的音节
向谬妄的世界喊出了真理,
为什么我们还耿耿于怀,焦躁忧虑?

浮梦

一个梦瞬间长出翅膀,
在失忆的时间里高飞……
水珠滴答作响,
落在我渺远幽怨的灵魂……

我念的人,我的王子,在哪里?
谁用疯狂与炽热赶来爱我?
谁让我伤怀悔恨?
谁是我的王子、意中人、恋人?

梦中我不知我是谁……
一个没有开始就结束的长吻,
是一道绵软的围墙……

刺眼的磷火闪闪烁烁,也许……
我百般寻找,终于看见了你……
也许你也找到了我,却没有看见我!……

春天

这是春归时分,我的爱人!
田野褪下褴褛的衣衫;
每一棵树都敞开心扉,
枝头的鲜花开得无比绚烂!

啊!任你游走四方,随心所欲,
领受上天施予我们的恩惠,
驱走我们的骄傲徒然蔑视的邪恶!
世间的美好都将臻于至美!

我也脱下我缀满忧伤的灰色布衣,
此刻我已嗅到迷迭香和甘松香的芬芳,
此刻我心旌荡漾地等你……

我把粉红的玫瑰插满头顶……
仿若一个玫瑰花园!来采摘玫瑰吧!
我的爱人,我的爱人,春天已经到来!……

亵渎

不要说，我的爱人，什么也不要说……
黑夜笼罩远方，我自那里归来……
我的身心皆是魂与爱，是一个花园，
是格拉纳达[1]的庭院，满是幻梦色彩！

我眼睫下的暗影，浸透月光，
当你的目光滑落在我的身上，
茉莉花用不停颤抖的花茎，
在我苍白的脸上描画欣喜若狂！

我是光芒，来到你脸上把你照耀……
我是手势，诠释你纯粹的双手，
你现在给我的吻，从前也归我所有……

---

[1] 格拉纳达（Granada），西班牙南部古城，历史上是伊斯兰国家在欧洲的最后一个堡垒，因此深受伊斯兰宗教和文化的影响，有许多历史文化遗产和神秘传说。

我才是你的荣光、高度和缪斯！
你让我看见我自己——哦，神奇的恩典！——
我活在你的心里，你的身体里，你等同上帝！

你的目光[1]

你目送着威武的船队启航,
船桅上的旗帜迎风招展,
如翻阅古代浪漫美妙的诗篇,
东方的天空如热吻一样炽燃,

大海无法容纳你的欲望;
整个世界汇聚于你的远望,
举国上下,皆是英雄和水手,
红色的火光中矛枪闪亮。

神话、梦想和奇迹书写的历史!
远航印度,王子在萨格雷斯[2]的向往,
如火花点燃笃信与信仰!

---

1 这首诗写的是葡萄牙始于15世纪的航海大发现,这是葡萄牙历史上最辉煌的时期,也因改变了世界历史的进程而被载入史册。

2 萨格雷斯(Sagres)位于葡萄牙最西南端,15世纪,葡萄牙恩里克王子在此建立航海学校并开展葡萄牙航海大发现的计划。

我深深感到，你是如此非凡伟大，
我的爱，我会把一小块葡萄牙带在身上，
我就是葡萄牙！

雨夜

雨……多么圆润的雨滴……来听一听：
一滴……两滴……一滴滴不停地落下……
一个姑娘叫"生活"，另一个叫"幻想"，
她们满面笑容，像是天空把白玫瑰抛撒……

丁香花径自入眠……
大地变得冷清……一片静默……
我的爱人，快来看！流星也在飞落：
一颗……两颗……还有一颗……

你对我耳语，轻柔地诉说，
直到情话化为一段呢喃，
一阵呻吟，一声啜泣，伴随破碎的哀叹……

啊，把你令我心碎的魅力留在黑夜吧！
你对我的爱……貌合神离，
深夜里，自我的胸膛雨落不息！

下午的音乐

亲爱的,此时只有舒曼,多么宁静……
别吓跑了梦……啊,别把幻想清扫……
我的爱人,否则你会
在我非物质的混沌中跌倒……

现在到了李斯特在闪耀,钢琴在燃烧……
亲吻长出翅膀,旋律回响……
你手指的利爪绽放花瓣……
金色的尘埃在下午的空气中飘荡!

我凝视着你……"一切完美无缺!",
我们低吟,声音交织,
如一束束红玫瑰相拥在一起。

你说起李斯特,而我……说起
你睫毛闪动的节奏,
你低垂目光时的和谐乐曲……

肖邦

今晚没有点灯……
月光圆满,洒满大地;
微渺的星辰清晰可见,
串起夜空的一朵朵雏菊!

懵懂的飞蛾飞扑进来……
暮色中的蝙蝠往来翩飞,
飞去……飞来……再飞去……
万物即将酣睡……

手指……轻柔滑过琴键,
隐约的心跳中,一切飞向疼痛,
灵魂,灵魂的神龛,我爱的人!

当钢琴奏出哀伤悦耳的音符,
大片金色的阴影投向
我漆黑的客厅,美妙而凄楚……

我的心愿

仰望金色的云朵飘浮,
我在蓝天只看见了你……
哦,是我的完美创造了神灵,
我在一个良辰归属上帝!

我们的身影把道路分割,
我们的脚步交叠而行……
我嘴中的饥饿只来自你的嘴!
我眼睛的渴念只来自你的眼睛!

我是你影子的影子,美好静默,
我是你灵魂无垠的狂想,
我和你朝夕相处,否则我不会活着……

我的爱,让我这样走在你的路上,
一生一世,一步一个脚印,
直到死神带我远走他乡……

女奴

啊,我的上帝,我的天主,我的主宰!
我向你致敬,用我唇间悸动的言辞,
用我目光里的目光,
用我因爱而慌乱的手势!

愿星球和花朵与你相合,
愿大地和海洋对你臣服,
直到永远,直到永远,
啊,我的上帝,我的天主,我的主宰!

我,你可爱而谦卑的奴隶,向你致敬,
我双手合十,虔诚祈祷,
我赞颂你那丝绒般金色的眼睛。

啊,愿我为你写下爱的诗行,
它们充满渴盼,没有尽头,
镌刻于永恒!……

神圣时刻

如一个可怜的女人死去,僵硬冰冷,
如教堂的石碑,翻倒荒弃,
再不知道世界是和平还是争战,
再不看见每一天的新生与消逝。

高处闪烁的灯火已经熄灭,
嘴巴紧闭,不再胡言乱语,
一个铜瓮封存了真理,
这就是我,僵硬冰冷地死去。

啊,攫住飞逝的瞬间!此刻,
你爱的亲吻,溢满苦涩,
把我金色琥珀般的虚弱身体烧灼;

啊,把那个瞬间定格,
你痛苦地慢慢垂下眼睑,
把晕眩的金色眼瞳闭合!

别出声

在我注定的苦厄中,
夜很深,夜很黑,夜是死亡;
我是风,想敲开你的门扉,
呻吟着走到你的身旁……

我离你很远,但又何妨?
我的生活已经远离我自己!
我在你的周围徘徊寻觅,
我啜饮你的声音,不舍离去!

我离你很近,但你看不见我……
多少次,我的目光走入
你读的书页中,然后迷失了道路!

我带着你,像把儿子抱在怀里!
在你的家中……你听,有轻轻的脚步声……
嘘,别出声,亲爱的,开门让我进去!……

野蔷薇

你金色的眼瞳闪烁着一种光，
你的笑声也有强烈的光亮，
我想起你，就是想念
一朵野蔷薇在粲然开放。

你的双手生来为了攫住痛苦，
为了塑造甜蜜和爱怜的姿态；
你浸满梦想与渴盼的亲吻，
让你的灵魂充满燃烧的爱！

我裹在乞丐的破衣里出生，
是你给我带来爱的奇迹，
是你为我穿上女王的金色袍衣！

我是你的姊妹……你的朋友……你的爱人……
我是你……如花盛放的女儿，
我的野蔷薇只属于我一个人！……

至善

我深爱你,但你不爱我,
我为你受的苦,无穷无尽,
跟随在你身后,你不看我,
所有人都对我表示怜悯。

即使你吻我,也是满嘴谎言……
你炽热的嘴唇,把多少女人
血染的亲吻送至我的唇间,
你言语虚妄,有多少欺骗的成分!……

你不爱我,你冷漠的嫌弃与疏离
如果给我带来
如此的伤悲、苦痛和倦怠,

那么,这种椎心刺骨的疼痛
已是我生命中的至善,我何必介怀?
难道这不是我在世上该有的一切吗?

我的诗篇

撕碎我写给你的诗篇,我的爱人!
将它抛入虚无,抛入尘埃,抛入遗忘,
任灰烬埋葬,任狂风吹走,
任风暴把它带到任何地方!

你若熟记于心,那就在心里把它撕碎,
让虚无的瞬间回到空无!
我曾多情善感,自命不凡,
我曾矜持孤傲,自视清新脱俗!……

写下这么多诗句,已写出我的梦!
受这么多苦,我已受够!
翅膀飞过,整个世界都是天空……

撕碎我的诗篇……可怜的疯女人的诗篇!
并非人人像我,飞蛾扑火一般
扑向爱情的火焰!……

爱情已死

我们的爱情已死……有人会这样说!
有人会这样想,当见我惆怅失意,
眼睛昏瞎,看不见你,看不见
时针飞逝,一分一秒地逃逸!

我深深感到爱情正在死去……
而在远方,一道霞光升起!
欺罔被揭穿……旋即,海市蜃楼
光彩夺目,转瞬消逝……

我深知,我的爱人,我们需要爱情,
为了活下去,也为了死去,
我们需要梦,为了向远方启程。

我的爱人,我心知肚明,我们需要
让消逝的爱情发出清亮的笑声,
笑出另一段不可能的爱情!

我不属于任何人

…………………………
…………………………
…………………………
………………………………[1]

我不属于任何人！谁想得到我，
谁就必须是午后炽热的阳光；
在他泉水般清澈的瞳孔里，
必须闪烁出预言家的光芒！

他必须是催生花蕾的汁液，
必须是唧唧虫鸣中的歌唱，
必须是风，吹动船帆启航！

他必须是"另一个"，无时不在的"另一个"！

---

[1] 原文如此。

必须是澎湃不羁的运动与力量，

必须是一颗星球引领其他星球飞翔！

雪

你的轻蔑,如沉重的雪
披落在我的身上……有人预言,
这冬天带来的一场场大雪
将会消融在温暖的春天!

不久前,你还用丁香花和野玫瑰
为我编织皇冠……那时候,
我还是被命运选中的人,
把闪光的梦许诺给你,毫无保留。

你给我的亲吻,冷漠如冰,
如死去的燕子,翅膀不再扇动……
如秋天的落叶,在风中任意飘零……

但总有一天,我的身上会出现
一个盛开的玫瑰园,缤纷绚丽,
阳光的嘴唇会给我带来春天!

徒劳的骄傲

在这个荒谬的世界,爱是虚无,
是自我膨胀的矜持,是另一种虚荣,
人人期待被爱情加冕,获得永生,
但王冠的金光已经褪去,百无一用。

做梦寐的公主!这是想入非非……
是谎言,是走火入魔的灵魂在欺瞒……
在篝火烧成的灰烬中,
谁可以张开双臂,口出真言?

都是谎言!我不需要你,你也不要得到我……
上天赐予了琼浆玉液?
不过是空洞的手势……苍白的话语……

都是谎言!我不是你的……不是!我只要……
做比我自己更好的人,比别人更好的人,
只要配得上更崇高的骄傲,哪怕也是徒劳!……

相思修女最后的梦

相思修女走进她的斗室……
脱掉裹住身体的黑色长袍,
——这作为耶稣新娘的衣装,
显露出一种难以形容的美貌。

漆黑的夜,欣喜若狂地把她欣赏,
看她把白皙的双手放在胸前祈祷,
星光如花瓣一样片片飘落,
星星也如醉如痴,热烈地燃烧。

相思修女屏息凝思……目光深邃,
她有何梦想与期待?
啊!世界多么丑恶,男人多么虚伪!

然后,她缓步走进了修道院……
直到死去,她都在为一个迷途之人祈祷,
没有怨悔,没有遗憾!……

遗忘

我是那个人,她的所有都是我的,
那是一个梦想,也是一种现实,
我的灵魂穿上恋念的衣裳,
只为让我从我这里永远消失。

周遭的一切遁入黑暗,
光芒那么遥远,无法接近!
我的眼睛昏瞎,摸索着影子,焦灼不安!
一切都燃烧殆尽,我拍打着灰烬!

十一月的夕阳在我身上沉落……
我眼眸里的阴影日渐阴沉,
菊花开出紫黑色的花朵……

那些属于我的,我已经忘记……
啊,遗忘是甘美的痛苦,
我恋恋不舍,把遗忘的往事追忆!……

疯狂

一切在坠落!一切在坍塌!
恐怖的废墟!这是哪里?
我的太阳、宫殿、望景台是否安在?
我不知道,上帝啊,我一无所知!

激情澎湃的马队疾驰而过,
疯狂宣告一次又一次的胜利!
丝绸撕碎,钻石成灰!
我一无所有,上帝啊,我一贫如洗!

梦魇令我辗转难眠,惆怅伤悲!
疯狂任意涂抹
把我胸前的夜越抹越黑!

哦,孤零零是多么可怕的不幸!
哦,蜂拥的灵魂欢笑着闯入我的心中,
又是多么无情!

你们让死亡来吧

让死亡来吧,它已经被点亮,
让它来找我,带我去远方,
我已经为它打开一扇扇门,
就像打开翅膀在天空飞翔。

这尘世我是何人?我被剥夺了财产,
手里有的只是黑夜的月光,
我敞开生命和梦想,穿越大地和海洋,
上下寻觅,找到的尽是绝望。

母亲啊!我的母亲,为什么把我生下?
你告诉我,为什么让我
与无尽的悲苦一起长大?

母亲啊,我可怜的母亲,
为什么我是你破碎的心结出的苦果?
为什么我是一朵生不逢时的百合?

致死亡

女神，司掌死亡的女神，
你的怀抱一定温暖无比！
慵懒甜蜜如柔软的丝带，
安静坚实如地下的根须。

你举起手引导我们步步前行，
你可以涤除世间的任何罪孽，
在你的身上，在你的心里，
没有悲惨的命运把你肆虐。

你用天鹅绒般的手指
合上我阅尽沧桑的双眼，
收拢我飞过天空的双翅。

我来自摩尔人的国度，我是国王的公主，
邪恶的仙女令我痴迷，让我停留此地，
只为把你等待，不再离去！

可怜人

我们的命运逆向而行,
你我擦肩而过,却形同陌路,
我来自盛产想象的故乡,
你却脚踏现实的泥土。

我的所见尽是奇观,
是我闭目时拥抱的事物,
我是一个穷人,一无所有……
除了星辰,没有任何财富……

你很富有,但从你那里,
我从未分得分文,
甚至没有一个热吻把我安慰。

但我的身心依旧欢笑,
你掌握着我的一切!
啊,为什么我甘愿可怜地乞讨!

幽灵船

我的香烟燃出的袅袅青烟
在空中缭绕,描画你的所写,
你的所言,你的所梦,
描画出我所想象的一切。

我心旌荡漾,却找不到方向,
回忆你给予我的全部,
如同回忆你驶过的航船,
迷失于缭绕的缕缕烟雾……

世事皆是过往!
再看不见桅杆和风帆,
幽灵船如星光,在远方消失不见!

即使没有桅杆和风帆,疯狂的船队
也会来到我童年匿形的故乡,
把我寻找,因为我是待嫁的新娘……

我的十四行诗

以谨严的节奏，耐心的姿态，
我小心翼翼地举起双手，
我的感官，在你身上翩翩起舞……
挥舞着圣洁闪亮的丝绸……

我的双眸谜底一样沉静，
如同无人阅读的诗句，
又如在路上走失的孩子，
惶恐不安，却又满心欢喜……

我的纤纤玉指如木兰花盛开，
神秘、无瑕，花中的故事，
爱情的原罪可以娓娓道来……

而我的嘴唇是熹微的晨曦，
浪漫而叛逆，在银河中嬉笑着
把所有星辰的花瓣摘取……

世界无新事

在布鲁日[1]宏伟宫殿的门廊，
我曾在阴影中伫立流连；
我曾远游埃及，参观神庙，
在印度，我曾向圣河抛撒花瓣。

我曾在博斯普鲁斯海峡[2]漂泊，
在地平线上弥漫的白雾中想你！
我曾目睹灿如锦缎的落日
穿过漫漫长廊的静寂……

我曾咬噬伊斯法罕[3]的白玫瑰，
每一朵的味道都令人想起灰烬！
蛮荒的旷野，阒无人迹。

---

1 布鲁日（Bruges），位于比利时西北部，比利时著名的历史文化名城。
2 博斯普鲁斯海峡即土耳其的"伊斯坦布尔海峡"。
3 伊斯法罕（Isfahan）是伊朗最富庶的省份，这里盛产玫瑰，该省首府也叫伊斯法罕。

鲜花总会绽放徒然的思念！
生活总会有罪恶不断涌现，
　心总会有一道无法愈合的伤痕！

译后记

弗洛贝拉·伊思班卡和佩索阿是同时代的诗人，两者都是生前默默无名，英年早逝，死后才获得承认和声名；两者都有强大的自我，都把诗歌作为容纳自我和延伸自我的方式。不同的是，佩索阿一生都对爱情若即若离，甚至逃避爱情，拒绝婚姻，而弗洛贝拉·伊思班卡则恰恰相反，她一生都在为爱而爱，为爱而狂，为爱而亡。他们二人生前或许并不相识，但佩索阿读过弗洛贝拉·伊思班卡的诗歌，在一首题为《纪念弗洛贝拉·伊思班卡》的诗中，佩索阿称她为"灵魂的梦想家，我心灵的孪生姐妹"。

1894年12月8日，弗洛贝拉·伊思班卡生于葡萄牙阿连特茹一个名叫维拉-维索萨（Vila Viçosa）的小镇，父亲是商人，由于妻子无法生育，便征得妻子的同意，与家里年轻的女佣维持两性关系，生下了弗洛贝拉，几年后又生下对弗洛贝拉的人生产生重要影响的弟弟阿佩雷斯。弗洛贝拉是在亲生母亲和养母的共同抚养下成长的。1908年,其亲生母亲年仅29岁逝世,不久后弗洛贝拉来到省会城市埃武拉接受中学教育,其间写下了自己的第一首诗。1913年,她结婚,但婚姻并不幸福。1919年,她结束了第一段婚姻,并自费出版了她的第一本诗集《痛苦之书》(*Livro de Mágoas*),同年她前往里斯本学习法律,是当时仅有的几位进入里斯本大学学习的女性之一,但并未完成学业。1923年,她与国民卫队的一位军官结婚,但婚姻依旧不幸福,丈夫对弗洛贝拉缺少应有的爱护和尊重,夫妇俩经常激烈争吵,这造成弗洛贝拉的精神极度抑郁,流产也让她的身体变得十分虚弱。1925年,弗洛贝拉第三次结婚,嫁给了她的医生,这是她一生中最平静的一次婚姻,但不久因为弟弟阿佩雷斯在一次飞行事故中坠亡,她再次遭受打击。她与弟弟的关系十分亲密,甚至超越了姐弟关系,因此她陷入巨大的悲痛之中,长时间无法自拔。1917年她写了一部题为《他的书》(*O livro D'el*)的诗集,献给她的弟弟。1923年她出版第二本诗集《相思修女之书》(*Livro de Sóror Saudade*)。1930年,在科英布拉大学讲学的意大利教授巴特利(Guido Batelli)

结识了弗洛贝拉,编辑出版了她的第三本诗集《繁花盛开的荒野》(*Charneca em Flor*)。同年12月8日,弗洛贝拉自杀身亡,年仅36岁,她自杀的这一天是她的出生日,也是她第一段婚姻的结婚纪念日。

弗洛贝拉·伊思班卡生前并未得到葡萄牙文学界的关注,也没有进入里斯本的文学圈,她的诗歌的价值是在她死后才逐渐得到承认的,令人匪夷所思的是,让弗洛贝拉进入大众视野的竟然是意大利的巴特利教授,他成为传播弗洛贝拉诗歌的重要推手。在弗洛贝拉生活的那个年代,葡萄牙依旧是十分保守的男权社会,女性社会地位低下,文坛也被男性作家所统驭。在弗洛贝拉之前,葡萄牙的文学史上并没出现引人注意的女性小说家和诗人,她们长期以来被社会的陈规旧习所束缚,只能在家相夫教子,不能在社会上抛头露面,更不用说进行文学创作了。弗洛贝拉的所作所为在当时被视为离经叛道,她有过三次婚姻,她喝酒吸烟,在诗歌中自由勇敢地袒露自己对爱情的执念、悲伤、失落与疯狂,这些都构成了对社会道德伦理的冒犯。她是一位十分勇敢的女性,虽然当时还没有出现"女权主义"的潮流,但弗洛贝拉已经意识到女人必须是独立的、自由的,不是男人的附属品,她们必须活得有尊严，有权利选择自己的爱情、婚姻和人生，因此她被视为"女权主义"觉醒的先驱。

弗洛贝拉是一位天赋异禀的诗人，也是一位用尽生命写诗的诗人。她长期生活在远离文化中心的外省（她只在里斯本生活了六年），几乎和文化圈没有任何交往，她是在孤单疏离的环境中写下一首首诗作的。如今，她的诗歌已被视为葡萄牙诗歌的瑰宝，也深受大众喜爱，葡萄牙国家电视台曾让公众评出"葡萄牙百位历史名人"，她有幸被选入其中。弗洛贝拉的写作深受象征主义的影响，其绝大部分诗歌是十四行爱情诗，悲伤与绝望、甜蜜与思念是她吟唱的主题，不过也有为数不多的描写家乡景物的诗作。在爱情诗中，她时而独自低语或呼喊，"我"是这些诗的抒情主体；她时而与"你"对话，自我与他者的对视、发问与对话交织在诗中。作为诗中的"我"，她总有无法抑制的激情，甚至到了癫狂的地步，然而这种激情的终点大多是悲伤、痛苦和绝望，因此在阅读弗洛贝拉诗歌的过程中，我们会看到诗人高频率地使用这些词语，不断的重复甚至让人感到有些疲倦，但或许这是她的修辞方式之一，旨在让读者从这些词语的重复中体会诗人内心深处巨大的悲苦。此外，她十分喜欢使用叹号和省略号，这也形成她独特的修辞方式，或许她仅凭词语已经无法彻底宣泄其强烈充溢的情感，必须借助这些符号来承载。

翻译弗洛贝拉·伊思班卡的诗歌对我来说十分艰辛，最大的困难是如何处理十四行诗的韵律。弗洛贝拉的诗格律十分严谨，为了押韵她甚至会调整语法结构和语序，但在译文中我没有照搬原文的韵律，而是按照中国古典诗歌的押韵方式进行尝试，尽量传达原诗的一些节奏和音乐感；当然，也不可避免出现因韵害意的情况。本书依照葡萄牙鹈鸟出版社 2016 年出版的弗洛贝拉·伊思班卡《十四行诗》(*Sonetos*)译出。

感谢葡萄牙驻华大使馆和雅众文化，让这本诗集的出版成为可能。

姚 风
2022 年 5 月 5 日于澳门

图书在版编目（CIP）数据

爱情之书：伊思班卡诗选／（葡）弗洛贝拉·伊思班卡著；姚风译 . —北京：北京联合出版公司，2022.7（2022.11重印）

ISBN 978-7-5596-6220-0

Ⅰ.①爱… Ⅱ.①弗…②姚… Ⅲ.①诗集－葡萄牙－现代 Ⅳ.① I552.25

中国版本图书馆 CIP 数据核字（2022）第 089023 号

爱情之书：伊思班卡诗选

作　　者：[葡]弗洛贝拉·伊思班卡
译　　者：姚　风
出 品 人：赵红仕
责任编辑：龚　将
策 划 人：方雨辰
特约编辑：王文洁
装帧设计：尚燕平

北京联合出版公司出版
（北京市西城区德外大街83号楼9层　100088）
北京联合天畅文化传播公司发行
山东临沂新华印刷物流集团有限责任公司印刷　新华书店经销
字数110千字　1092毫米×787毫米　1/32　6.5印张
2022年7月第1版　2022年11月第2次印刷
ISBN 978-7-5596-6220-0
定价：52.00元

版权所有，侵权必究
未经许可，不得以任何方式复制或抄袭本书部分或全部内容
本书若有质量问题，请与本公司图书销售中心联系调换。电话：64258472-800